光文社文庫

長編時代小説

夜叉萬同心 冬かげろう

辻堂 魁《かい》

KOBUNSHA

光 文 社

目次

北
東
南
西
1km
鐘ヶ淵
千住大橋
千住道
隅田村
向島
隅田川
寺島村
三河島
日暮里
田端
駒込
谷中
根岸
金杉村
小塚原
日本堤
田町
山谷堀
今戸町
新吉原
鷲神社
入谷
下谷
千駄木
白山
竹屋の渡し
今戸橋
小梅村
浅草寺
東叡山寛永寺
根津神社
本郷
御薬園
小石川
伝通院
中堂
不忍池
水戸藩上屋敷
富坂町
広徳寺
幡随院
阿部川町
東本願寺
新堀川
花川戸
弁財天
吾妻橋
田原町
竹町の渡し
駒形堂
駒形町
大川
蔵前
下谷広小路
湯島天神
御徒町
森田町
御米蔵
神田明神
同朋町
牛込
神田川
花房町
外神田
天王町
昌平橋
水道橋
神楽坂
牛込御門
番町
筋違橋
和泉橋
柳原堤
浅草橋
柳橋
御竹蔵
内神田
両国広小路
両国橋
田安門
俎橋
雉子橋御門
一橋御門
鎌倉河岸
馬喰町
二ツ目之橋
本所
三ツ目之橋
竪川
一ツ目之橋
小伝馬町
浜町
今川橋
日本橋
新大橋
常盤橋御門
室町
小名木川
北町奉行所
江戸橋
江戸城
半蔵門
呉服橋御門
仙台堀
深川
材木町
南茅場町
西之御丸
南町奉行所
亀島町
永代橋
鍛冶橋御門
八丁堀組屋敷
京橋
富岡八幡宮
霊岸島
赤坂御門
永田町
数寄屋橋
石川島
山王日枝神社
新シ橋
西本願寺
越中島調練場
溜池
築地
佃島
汐留橋

序　江戸の華

文化《ぶんか》三年（一八〇六）三月四日江戸。

午《うま》の刻（正午）。芝《しば》・車町《くるまちょう》より上がった火の手は、春の南風に煽《あお》られ、宇田《うだ》川町《がわちょう》通りを嘗《な》め、数寄屋橋《すきやばし》、常盤橋《ときわばし》御門外を蹂躪《じゅうりん》し、西は筋違橋《すじかいばし》、東は富沢《とみざわ》町《ちょう》から橘町《たちばなちょう》あたりまで、京橋《きょうばし》、日本橋《にほんばし》、神田《かんだ》の町々を劫火《ごうか》に包んだ。

火の手が、夜になっても収まる気配を見せず、神田川をまさに越えようとしていた夜五ツ（午後八時）すぎ。

永生藩勘定方《ながおはんかんじょうかた》・鏡甚之輔《かがみじんのすけ》は、麴町《こうじまち》の御用達味噌醬油《ごようたしみそしょうゆ》問屋・柏屋《かしわや》から、新宿《しんじゅく》追分《おいわけ》をへて甲州《こうしゅう》街道に通じる江戸五口《ごこう》のひとつ四ツ谷《よつや》御門をくぐった。

火事騒ぎのためか、四ツ谷御門でも大名火消《ひけし》の方角《ほうがく》火消らしき備えの侍《さむらい》が出役していた。

甚之輔は柏屋と記した提灯《ちょうちん》をかざし、橋を渡って外堀端《そとぼりばた》の暗い土手道を南に取り、鮫ヶ橋坂《さめがはしざか》先の上《かみ》屋敷へ急いでいた。

土手道の右手は武家屋敷の練《ね》り塀《べい》で、左手は暗く沈んだ堀が続いている。

柏屋は、永生藩よりの新たな借財申し入れをおおむね了承してくれた。

これで去年暮れ、上屋敷において発覚した納戸方《なんどかた》の使途不明金の始末がほぼ落着したと言っていい。

甚之輔が肩の荷を下ろせるほっとした思いで、何気なく火炎が朱色に美しく染《そ》めた北東の夜空を振り仰いだときだった。

後方の土手道の宵闇《よいやみ》に紛《まぎ》れ、武士らしき深編笠《ふかあみがさ》の人影を認めた。

小さな戦慄《せんりつ》が背中を走った。

家中の士の間では納戸方の使途不明金の噂《うわさ》が今なお尾を引き、屋敷内に刺々《とげとげ》しい気配がよどんでいた。みな疑心暗鬼になっていた。

まさか、ただの通りすがりに違いない。

甚之輔はすぐに自身へ言い聞かせ、ゆく手に視線を戻した。

すると五間ほど先の柳の木陰に、幽霊のように佇《たたず》んでいるもうひとつの人影を認めたのだった。それまでは気がつかなかった。

甚之輔は足を止め、闇の先へ提灯を差し向けじっと透《す》かし見た。

「あ、浅茅《あさじ》さん……」

納戸方の浅茅玄羽《げんば》とわかった。

使途不明金の一件で名前の上がったひとりである。

「浅茅さん？　ここでなにを」

浅茅の荒《すさ》んだ相貌《そうぼう》が、三十六歳とは思えない老醜を浮き出させていた。

短い間を置いてから一歩二歩と近づき、低く掠《かす》れた声で呟《つぶや》いた。

「鏡、おれがきたわけはわかってるな」

浅茅はそれ以上言わなかった。

乱れた吐息が気の昂《たか》ぶりを荒々しげに伝えていた。

「佞奸《ねいかん》」

憎悪を剝《む》き出し、吐き捨てた。

歩みを止めぬまま、刀の柄《つか》に手をかけ、無造作に大刀を抜いた。

白刃が提灯の薄明かりに映えて、一瞬きらりと光った。そして、防御の素《そ》ぶりも見せず上段に振りかぶり、いきなり間合いを詰めてきた。

甚之輔は後退《あとじさ》りながら、提灯を捨てた。

「浅茅さん、落ち着いてください。あなたは誤解している」

柄と鞘《さや》に手をかけ鯉口《こいぐち》を切った。

柏屋の提灯が浅茅の後ろで、吐息のような音をたてて燃えた。

抜くしかなかった。抜刀し、正眼《せいがん》の体勢に身構えつつさらに後退った。

刀は父の形見の関ノ兼氏《せきのかねうじ》、剣は鹿島七流《かしましちりゅう》の流れをくむ新當流《しんとうりゅう》を学んだ。

不意に、背後で甘酸っぱい脂粉《しふん》の匂《にお》いがしたのはそのときだった。

振りかえった甚之輔は、いつの間にかわずか一間ほどの背後に迫っている深編笠の影に虚を衝《つ》かれた。

しまった。

途端、声を殺した魔物めいた妖気《ようき》が五尺六寸の身体に降りかかった。

閃光《せんこう》が走り、激しい衝撃を左肩から全身に受けた。

だ、誰だ……

次の一瞬、罵声《ばせい》とともに背後より浅茅の深い一撃を浴びた。

身体が宙を浮き、意識が混濁した。

甚之輔は膝《ひざ》からくずれた。

道の向こうに提灯の燃える火がゆらめいていた。

かげろう……

遠くで呼びかけたその声が、鏡甚之輔が聞いた最後の言葉だった。

第一章　桜花《さくらばな》

一

文化三年三月四日夜。

浅草田原町《あさくさたわらまち》の畳《たたみ》職人・仁平《にへい》が、親方の伊八《いはち》に仕事の後の一杯を呼ばれ、

「お芳《よし》のやつが、火事で気を揉《も》んでおりやしょうから」

と、いつもより早めに切り上げ、今戸町《いまどちょう》の仕事場を出て帰途についたのは、暮れ六ツ半（午後七時）だった。

仁平は、生来の暢気《のんき》な性格から、南方《みなみかた》の夜空を赤々と焦《こ》がしている火事の勢いに気を揉みつつ、今戸橋より夜の浅草川端へ遠回りした。

遠回りといっても、わずかな距離である。

酔い醒《ざ》ましにはちょうどいい、と思った。

今戸橋から浅草川堤《づつみ》に出て、吾妻橋《あづまばし》手前の花川戸《はなかわど》の西河岸《にしがし》近くまできたとき、

夜道の前方より賑《にぎ》やかな声をあげて近づいてくる一団の人影と出くわした。

初めはさほど気に留めなかった。

どうせ若い衆が酒に酔って浮かれていやがる、ほどにしか考えなかった。

一団が近づくにつれ、六、七人の二本差しであることがわかってきたので、仁平は道を避《よ》け、頭を下げてやりすごそうとした。

どんなことで、絡《から》まれないとも限らない。

腰を折り、一団がいきすぎるのを待った。

だが一団が仁平の側までくると、ざわつく声がした。

「おや、誰かいるぞ」

「なんだ、こいつ」

一団は通りすぎず、仁平の周りをのらりくらりし始めた。

仁平は頭を下げたまま、「ちぇっ」と舌打ちした。

こいつら、絡んできやがるのか、と苛立《いらだ》たしかった。

そのとき、一団の中のひとりがからかうように、

「おまえ。今、舌打ちしたな」

と言った。

ぷんと酒臭い臭《にお》いがし、そのうえに脂粉の匂いが鼻をついた。

陰間《かげま》か？

「なあ、舌打ちしたよなあ」

男が繰りかえした。

仁平は黙っていた。相手にしていられねえ。そんな気分だった。

ただ、懐《ふところ》の今日の手間の三百文《もん》が気になった。

「おまえ、なんぞわれらに遺恨《いこん》があるのか」

しつこく絡んできた。

「別に……」

ぞんざいに応え、渋々顔を上げた途端、仁平は恐怖で血が引いた。

裾《すそ》が地面に届きそうなほどの長羽織に、若衆髷《わかしゅまげ》を結い、白粉《おしろい》を塗りたくり顔に口紅をねっとり引いた奇怪な化物が、暗がりの中にぼうっと七つ、取り憑《つ》いたかのように自分を見つめていた。

「別に？　なにが別なんだ？」

七つの化物の誰が言ったかは、暗くてわからなかった。

「いや、で、でやすからね」

言いかけたとき、化物が奇声を発した。

数個の石の 塊《かたまり》が飛んできて、仁平の顔と頭を襲った。

「あたた……助けてくれえ」

仁平は頭を抱えて闇雲《やみくも》に走りかけた。

途端、全身に前後左右から刀が浴びせられた。

仁平は小柄な身体《からだ》を左右にくねらせた。

吾妻橋の影と浅草川の暗い流れがゆれた。

「まだ止《とど》めを刺すんじゃないよ。簡単に死んだら、つまらないだろう」

また誰かが言った。

お芳、お芳……。仁平はゆらゆらと逃げ惑いながら、女房の名前を呼んだ。

二

四ヵ月後の七月初め、海鼠壁《なまこかべ》の周囲に狭い渠《みぞ》が廻《めぐ》らされた呉服橋《ごふくばし》御門内北町奉行所は明《あけ》（非）番で、大門《おおもん》は閉じられている。

大門右の小門をくぐって、那智黒《なちぐろ》の砂利を敷きつめた中に通る幅六尺奥行十四、五間の中央敷石の先に、式台を備えた破風《はふ》造りの玄関が開かれている。

式台を上がった玄関広間の戸棚に、周囲を威嚇《いかく》している五十挺《ちょう》の銃が並列してあり、広間から板廊下を左へいくと、左側に例繰方詰所《れいくりかたつめしょ》と三つの詮議所《せんぎしょ》が並んでいる。

さらに吟味所《ぎんみしょ》、次之間、そして裁許所《さいきょしょ》と《大白洲《おおしらす》》が控えている。

その日、詮議所と廊下ひとつ隔《へだ》てた薄暗い溜之間《たまりのま》に、北町奉行小田切土佐守《おだぎりとさのかみ》内与力《うちよりき》・久米信孝《くめのぶたか》と隠密廻《おんみつまわ》り方同心・萬七蔵《よろずななぞう》が対座していた。

暦《こよみ》の上では秋とはいえ、日盛りはじっとしていても汗ばむ暑気である。

溜之間は南向きの明障子《あかりしょうじ》に仕切られて縁廊下があり、縁廊下の先は中庭になっている。

中庭の槐《えんじゅ》の木で、つくつくぼうしが姦《かしま》しく鳴いている。

今年四十五歳の年齢より老《ふ》けて見える久米は、扇子《せんす》を所在なげに使い、七蔵が言上帖《ごんじょうちょう》に目を通し終えるのを待っていた。

「事件のあらましは、まあ、そんなところだ」

言上帖を畳に置いた七蔵に、久米は扇子の手を止めずに言った。

「物盗り、恨《うら》みの殺しとはおそらく違う。懸念《けねん》はそこに出ておる、くれない、と読む紅組のことだ。萬《まん》さんも聞いたことがあるだろう」

久米は七蔵を姓の萬ではなく、親しみをこめて《まんさん》と呼んでいる。

「噂は聞いてはいます。本所の御家人と旗本の悪餓鬼《わるがき》どもがつるんで、傍若無人《ぼうじやくぶじん》に振舞い、町家《まちや》では手を焼いているとか」

「ここ半年ばかり前から下谷《したや》浅草界隈《かいわい》を徘徊《はいかい》し、町民に乱暴狼藉《ろうぜき》を働いている報告が届いてはおった。みな旗本御家人の部屋住みらしい。当初は世間知らずの小倅《こせがれ》どもがちっとばかし羽目をはずしているのだろう、ぐらいに高《たか》を括《くく》っていたが、それが間違いだった」

「この紅組が田原町の仁平殺しに重大なかかわりがあると？」

「仁平が殺された三月四日の夜、火事騒ぎの東仲町《ひがしなかちよう》から花川戸あたりを奇声をあげて闊歩《かつぽ》している紅組らしき一団を見た者がいくらもおる。じつは調べの過程で、仁平殺しは紅組の仕業ではないかという疑念があるにはあった。だが、相手が旗本御家人ということで探索に手抜かりがあった。このままだと……」

「有耶無耶《うやむや》になってしまう恐れがある、と」

「そうなる。実情を確かめ、紅組が仁平殺しに手を下した確たる証拠があれば相応の罰を受けさせせねばならん」

久米が扇子を、ぱちりと閉じると、庭のつくつくぼうしが鳴きやんだ。

「お奉行はな、萬さん。仁平殺しの一件のことだけではなく、そのような痴《し》れ者どもをこれ以上のさばらしてはおけぬ、とお考えなのだ。罪を犯した者が罪を贖《あがな》わずにすむようなことがまかり通っていいはずがない」

そこでだ――と久米は声を落とした。

「萬さんは相手が旗本の誰それ、御家人の誰それなどと気兼ねする必要はない。あくまで紅組の所業を洗い直し、一味と仁平殺しのかかわりを炙《あぶ》り出すのだ。連中の処罰がしかるべく下せるよう徹底してだ」

「旗本御家人ならお目付《めつけ》さまのご支配で、評定所の裁断になりますね。これも噂ですが、紅組の中に無役ながら交替寄合《こうたいよりあい》の大家《たいけ》の倅がいて、ゆえにお目付さまは紅組に目をつむっていると耳にしたことがありますが」

「そういう噂もある。であればこそ萬さんなのだよ」

久米は扇子をまた開いてぱちりと閉じた。

「お目付さまがやらぬのなら町方《まちかた》が、紅組などと称する不埒《ふらち》者を取り締まるしかあるまい。聞く限りは相当凶暴な一味だ。探索の過程で思いがけない事が起こったら、そのときは萬さんの判断に任せる。臨機応変に処置すればよい。責任はお

「奉行さまがお取りになる。ただし……」

と、短くつけ足した。

「これはなるべくお奉行さまに負担をかけぬよう、わたしからの頼みだが、町家で起こったことは町家で終わらせてもらうとありがたい」

明番の奉行所に仕事がないわけではない。

新しい事件や公事《くじ》は月番の町奉行所が受け、明番の町奉行所はこれまで受けこんでいる件案を片づけていく。

公事とは民事訴訟《そしょう》のことで、刑事訴訟なら吟味物になる。

ただし、定町《じょうまち》、臨時《りんじ》、隠密の三廻《さんまわ》り方同心は奉行に直属し、月番明番にかかわらず毎日市中見廻りに出る。

なかでも七蔵の務める隠密廻り方は、秘密探索にあたる。

萬七蔵は今年四十歳になった。

北町奉行所の分課中、三十五歳で定町廻り方に就《つ》き三年務め、文化元年（一八〇四）三月には隠密廻り方を拝命してさらに二年と四ヵ月がたっていた。

同じ北の御番所《ごばんしょ》の定町廻り方だった父親・忠弼《ただすけ》を、捕縛した兇徒《きょうと》仲間の意趣《いしゅ》返《がえ》しの闇討ちによって失ったのは、七蔵が七歳の秋だった。

翌年、元々心の臓が弱かった母親・伝《でん》がぽっくりと身罷《みまか》り、以来、元同心の老いた祖父・清吾郎《せいごろう》と二人暮らしの、孤独で多感な少年時代を送った。

無給の無足《むそく》見習として北町奉行所に初出仕したのは、十三歳の春である。

出仕と同時に、それまでは祖父の手ほどきで稽古《けいこ》していたが、神田明神下同《かんだみょうじんしたどう》朋町《ぼうちょう》にある一刀流の富田《とだ》道場に通い、あらためて剣の修行を始めた。

富田道場でめきめき腕を上げた七蔵は、弱冠十六歳のとき、師範代《しはんだい》をも務め得る技量に達して周囲を驚かせた。

十八歳で本勤並《ほんづとめなみ》となり、以後、本勤、添物書《そえものかき》、物書並《ものかきなみ》と上《のぼ》った。

二十三歳で遠い親戚筋の妙《たえ》を娶《めと》ったが、妙との暮らしは流行《はや》り風邪をこじらせたことが因《もと》で妙が急逝《きゅうせい》し、わずか五年で終わった。

そして、七蔵が二十九歳のとき、七蔵にとって父親代わりだった祖父が半年近く寝たきりになってから世を去った。

三十五歳で定町廻り方に就いたとき、周囲では萬ごとき若造に定町廻り方はまだまだ無理だとする声が強かった。

定町廻り方は、長い経験を積んだ四十代くらいでなければ、なかなか務まるものではない。七蔵の務めぶりは、奉行所内の評判が悪かった。見廻りの分担地域で起こった殺しや強盗、強請《ゆす》りなどの七蔵の探索は、やくざや無頼漢《ぶらいかん》、地廻《じまわ》りが幅を利かす盛り場に自ら踏みこみ、そういう者らより自ら訊《き》き出した差《さ》し口《ぐち》、評判、噂を元に事件を追う泥臭い手法だった。

だが通常、廻り方の探索は、同心個人が使う手先の岡っ引きや下っ引きにやらせるのが手法で、同心自らがそういった汚れ仕事はやらなかった。

ところが、七蔵はそれをしばしばやった。

次々に手柄をたてた。

強引で荒っぽく汚れ仕事も辞さない七蔵の手法は、浅草、本所《ほんじょ》、深川《ふかがわ》の顔役たちの間で噂になり、誰が言い始めたかはわからないが、七蔵を定町廻り方らしくない夜叉《やしゃ》のごとく恐ろしい男・夜叉萬《まん》と密かに呼ぶようになった。

夜叉萬の綽名《あだな》は奉行所内にも知れ渡り、朋輩《ほうばい》らの間ではそれはある意味で七蔵の蔑称《べっしょう》になったし、廻り方の先輩同心たちは七蔵の手法を、あやうく、外連《けれん》がすぎると眉《まゆ》を顰《ひそ》めた。

「あんなことまでして、手柄をたてたいのかね」

「今にええれえ不始末をしでかすぜ」

「あんなんじゃあ、そのうち親父と同じ目に遭《あ》うことになっちまうぜ」

などと同心詰所の噂話の種になり、夜叉萬だとよ、いい気なもんだぜ、と口には出さないがみな内心嘲《あざけ》っていた。

元号が文化に移る一ヵ月前の享和《きょうわ》四年一月、七蔵は不始末をしでかした。

本所の裏店《うらだな》で開かれていた賭場《とば》に、以前から強請りの容疑で目星をつけていた彦児《ひこじ》という深川の地廻りが毎日顔を出しているとの差し口が入り、独断で手先を三人引き連れて乗りこんだ折りだった。

乱闘になって、七蔵が浪人風体《ふうてい》の侍をひとり斬《き》ったのだが、斬られた男が浪人を装《よそお》って賭場に出入りしていた水戸藩《みとはん》の江戸勤番《きんばん》侍だった。

非は斬られた方にあったとしても、八丁堀の不浄《ふじょう》役人ごときに藩の上士《じょうし》が斬られたとあっては、このままですむとは思われなかった。

「だから言わんこっちゃねえ。相手が水戸じゃあ、ただじゃあすまねえよ」

奉行所内では、七蔵の独断専行の不始末に処分が下されるとささやかれた。

ところが処分は下らず、水戸藩からも申し入れのあった様子もないまま文化元年となった。

そして三月初めの夜、七蔵はお奉行・小田切土佐守の居室に呼ばれた。

居室には、穏やかな表情の五十年配の奉行と、ひと癖《くせ》ありそうな内与力の久米がいて、どういうわけか、七蔵は酒を振舞われたのである。

七蔵が辛口《からくち》の下《くだ》り酒を三杯重ねたとき、奉行が寛《くつろ》いだ口調で訊《たず》ねた。

「萬、おぬしはその筋の者らから夜叉萬と呼ばれておるそうだな」

七蔵が答え兼《か》ねていると、奉行は「まあ、いい……」と続けて訊ねた。

「おぬしに斬られた水戸の男は心貫流《しんぬきりゅう》の凄腕《すごうで》だったらしい。知っていたか」

「存じません」

「あの折りはな、水戸の目付の柴田伊三郎《しばたいざぶろう》が苦虫を嚙《か》み潰《つぶ》したような顔をしてわたしに言ったんだ。萬七蔵に詰腹《つめばら》を切らせろと……」

奉行は穏やかな眼差《まなざ》しを向けてくる。

「おぬし、神田明神下の富田道場で一刀流を修め、免許皆伝《かいでん》の腕前と聞いた。天《てん》賦《ぷ》の才との報告もあるが、腕に覚えはありか」

「はあ、わたしには、なんとも……」

そこで奉行は愉快そうに笑った。

「父親を早くに亡くしたと聞いておるが」

「御番所の同心を務めておりましたが、わたしが七歳の折りに」

「七歳か。苦労をしたのだな」

土佐守は傍《かたわ》らの久米を促《うなが》した。促された久米が七蔵に向き直った。

「萬さん。あんたには定町廻り方を降りてもらう」

覚悟はしていた。

だがそのあと、久米は意外なことを言った。

「代わりに隠密の廻り方を命ずる。辞令は追って沙汰《さた》するが、これは正式なお沙汰だ。務めは明日から早速頼む」

ははあっ――七蔵は平伏《へいふく》した。


「……念には及ばんだろうが、紅組の探索は萬さんひとりでやってもらうよ。目《め》処《ど》がつくまで、報告は無用だ。この言上帖はわたしが預かっているから、必要なときはいつでも言ってくれ。それでいいな」

「承知いたしました」

中庭でまたつくつくぼうしが鳴き始め、久米は所在なげに扇子を使い出した。

「ところで、とりあえずの方針だが、外神田の花房町《はなぶさちょう》でお甲《こう》が長唄の師匠をやっておる。会ってみるといい」

「お甲、お甲が上方《かみがた》から戻ってきているんですか」

「そろそろ戻してもいいころだと思ってな。じつはもう紅組を探らせている。しばらく萬さんの下で使ってやってくれ」

「そりゃあもう。お甲ぐらいの働きができりゃあ、おおいに助かります」

「お甲のやつ、萬さんの下でやれと言ったら妙に嬉《うれ》しそうだった。それと、鎌倉《かまくら》河岸《がし》の《し乃》の女将《おかみ》が寄ってくれと言っていたよ。景気が悪くて大変だとこぼすんだ。そんなことまでわたしにこぼされてもなぁ」

「久米さんが迷惑でなけりゃあ、また使わせていただきますよ」

「篠《しの》は気風《きっぷ》はいいが、客を選《え》り好みするので困る。あれじゃあ客も減るよ。では、そういうことで。まったく、いつまでも暑いことだな」

久米の足音が板廊下に消えてから、七蔵は立ち上がった。

同心詰所は玄関からいったん外に出、玄関を背にして表門左手長屋にある。

下陣から詰所に入り、同僚たちが各々《おのおの》の仕事を粛々《しゅくしゅく》とこなしている間を通って組頭《くみがしら》の伊藤佐一郎《いとうさいちろう》の前へ着座し、見廻りに出る旨を伝えた。

刀掛けから大小二本をつかんで閂《かんぬき》差しに、朱の房も鮮やかな真鍮《しんちゅう》銀流し十手《じって》は、博多帯《はかたおび》にきゅっと音をたてて挟んだ。

七蔵が同心詰所を出ると、机に向かっていた十五歳の無足見習が、隣の物書並格の同心にひそひそと訊ねた。

「あの萬さん、夜叉萬って呼ばれているんでしょう。ちょっとあぶない人だって評判を聞いてますけど」

物書並格は小馬鹿にした薄笑いを浮かべ、七蔵の背中を見送った。

「よくわからないけど、あの人のいい評判は聞いたことがないねえ」

「お奉行さまは、萬さんの評判はご存じなんですか」

「ああ見えてあの人、お奉行さまにこれが上手《うま》いって評判だよ」

物書並格はごまをする仕種《しぐさ》をし、二人はそこで声を殺して笑った。

むろん、七蔵は自分の評判は知っている。

知っているが気にならないし、どうでもよかった。

人は蔑《さげす》んで夜叉萬と言う。そうかい。好きに呼んでくれ。おれは別にかまわねえよ。七蔵はそう思っている。

表門前の掛茶屋から、手先に使う十七歳の樫太郎《かしたろう》が駆け寄ってきた。

廻り方は奉行所雇いの捕縛出役用の衣装諸道具が入っている御用箱を担《かつ》ぐ中間《ちゅうげん》と、同心が自前で雇う手先を二、三人従えているが、隠密廻り方は捕縛に当たらないのが建前なので、七蔵は樫太郎ひとりである。

去年までは、室町《むろまち》で髪結《かみゆい》を営んでいる五十八歳になる嘉助《かすけ》を使っていた。しかし、この正月の年始に、

「どうしてもこの若いのが旦那《だんな》の手先を務めてえって申しやして。歳は若いが、あっしなんかよりずっと気が利いてまさあ……」

と、嘉助の連れてきたのが、築地木挽町《つきじこびきちょう》の地本《じほん》問屋・文香堂《ぶんこうどう》の倅である樫太郎だった。

童顔だが本好きで頭が良く、いつか七蔵の手先の経験を元に戯作《げさく》を書くつもりだという。

「樫太郎、待たせたな」

「へい。今日は、どちらから」

浅黄《あさぎ》の単衣《ひとえ》を尻端折《しりはしょ》りに、黒の股引《ももひき》に黒足袋草履《たびぞうり》の拵《こしら》えが初々《ういうい》しい。

「まずは鰻《うなぎ》で腹拵え、それから外神田の花房町だ」

七蔵のいくぶん日焼けした厳《いか》つい顔つきにも、どことなく愛嬌《あいきょう》のある眼差しは母親譲りである。

野暮な御家人ふうを嫌った小銀杏《こいちょう》の刷毛先《はけさき》を軽く広げた粋《いき》な八丁堀ふうの頭と、

五尺八寸（約一七五センチ）の鍛えた痩身《そうしん》に、竜紋裏《りゅうもんうら》、三つ紋に絽《ろ》の黒巻羽織、薄鼠《うすねず》に紺格子《こんこうし》の白衣《びゃくえ》がよく似合った。

背中に胼《ひび》をきらすにはまだ早い四十歳の男盛り。

青空を眩《まぶ》しげに見上げると、夏の名残《なごり》の空につくつくぼうしの鳴き声が季節の息吹を添えていた。

三

「ご無沙汰しておりました」

お甲は、香りの良い茶を七蔵と樫太郎に出してから、あらためて言った。

長唄師匠の看板を軒下に下げている裏店の、腰高障子を開けたままの狭い土間に午後の日が差していた。

土間から三畳の板敷に続く四畳半を、湿り気のある涼風が流れていく。

お甲は、島田の解《ほつ》れた毛が薄化粧の細面《ほそおもて》にかかるのを気にしながら、ほっそりした姿に似合う麻地の単衣の襟《えり》を整える仕種をした。

だが、今年二十六歳になったお甲の面差《おもざ》しには、二年におよぶ上方暮らしのやつれは隠せなかった。

「久米さんに言われてね。おめえが戻っているとは知らなかった」

「二年ですよ。長かったけど、あっという間にたちました」

お甲は、六年前まで女掏摸《すり》として町方に追われる身だったが、父親であり掏摸の頭《かしら》でもあった熊三《くまぞう》が捕縛され病死したことを契機に、どういう経緯《いきさつ》かは知らないが、与力・久米信孝の手先として使われるようになっていた。

一昨年《おととし》の文化元年、七蔵が隠密廻り方を拝命し、深川の念仏講《ねんぶつこう》を装った加持《かじ》祈禱《とう》集団の探索に当たった折り、久米がお甲を七蔵の手助けとして差し向け、その折りのお甲の働きが探索におおいに役立った。

ただそれがためにお甲は、集団の残党から意趣返しに命を狙《ねら》われる羽目に陥《おちい》り、久米はお甲の身を案じて上方へ逃がしていた。

「上方は、どうだったい」

「どうもこうも、上方なんて、退屈な町でした」

「身の危険より、退屈のほうがましだろう」

「生きてると思えるから身の危険も感じられるんです。死ぬほど退屈なんて、あたしは真《ま》っ平《ぴら》です」

「深川の件じゃ、おめえが一番貧乏籤《くじ》を引いた。というより、引かされたな」

「いいんですよ、旦那。あたしが望んだことなんですから」

苦味が七蔵の心の中に広がった。

「早速だが、紅組のことを教えてくれ。おれはまだ出会ったことがねえ」

お甲は笑みを消し、七蔵と樫太郎に、いいですかというふうに頷《うなず》いた。

「全部で七人。十六から十八の旗本御家人の部屋住みです。形《なり》は大人顔負けの二本差しですが、若衆髷に役者のように化粧して……」

「化粧？」

「白粉を塗りたくって口には真っ赤な紅をさし、踝《くるぶし》に届きそうなくらいぞろっと裾の長い誂《あつら》えの白羽織に、背に紅の一字を臙脂《えんじ》で染め抜いたのが組の印でしてね。長羽織をなびかせ、じゃらじゃらと雪駄を鳴らしてこれ見よがしに歩くのが面白くて堪《たま》らない子供です」

「頭《かしら》格は、旗本の大家の者と噂で聞いたが」

「一味のほとんどは本所の旗本御家人です。中にただひとり、駿河町《するがちょう》に屋敷を構える旗本の次男坊がいます。名前が轟紅之心《とどろきべにのしん》。背丈が六尺以上あるひょろっとした大男で、紅之心だけが十八。その紅之心が頭に間違いありません」

「駿河町の轟家なら交替寄合の大身《たいしん》だ。そんな旗本が、部屋住みとはいえ倅の奇行をたしなめねえのかね」

「知らないんですよ。侍のくせに己の馬鹿息子が町家でなにをやっているのか。若いのがちょびっと羽目をはずしているとしか思ってないんでしょう。血筋を笠に着て、自分らは偉くてあやまちを犯すはずがないと思いこんでいるんです」

お甲は紅組が、下谷・浅草の町家でやってきた、強請り、たかり、暴行など破落戸《ごろつき》まがいの素行を並べたてた。

「連中のやってることは子供の悪戯《いたずら》の延長なものだから、始末が悪いんです。恐いもの知らずの子供ほどあぶないものはありませんよ。あたしは、自分がそんな子供だったから、よくわかるんです」

「仁平殺しについては、どうだい？」

「今のところ、紅組の仕業という噂しかつかめていません」

「そんな派手な連中なら、目についてもいいんだがな」

「三月四日は火事騒ぎの夜でしたから、見た者も証拠も見つからなくて……引き続き探すつもりです。今にきっと誰か見つかると思います」

「三月四日の夜の、紅組の行動を詳しく調べ直す必要があるな。ところで、紅組と接触するには、どこへ行くのが一番確実だろう」

「新寺町《しんてらまち》の下谷稲荷《いなり》の手前に、井上《いのうえ》道場という道場があります。道場主の井上亮《すけ》右衛門《えもん》は病気で寝たきりで、その屋敷に紅組が出入りしているという噂がありましてね。三日前の昼間に行ってみたんですが、森として人の気配がありませんした。近所で訊ねたら、弟子は紅組らしき気味の悪い男らばかりで、寝たきりの先生は年寄りの下男が看《み》ているという話でした」

四

七蔵と樫太郎は、花房町から神田川沿いに左衛門《さえもん》河岸、そこから元鳥越《もととりごえ》をすぎて新堀《しんぼり》川の土手道を北へ東本願寺の方角に取った。

田原町へ足を延ばし、仁平の女房・お芳の話を訊くつもりだった。

日は西にまだ高く、川沿いに塀を連ねる武家屋敷の見越しの松で、季節外れのみんみん蟬《ぜみ》が盛んに鳴いていた。

「紅組に会ってみなきゃあな。井上道場をちょいとのぞいてみるか」

「へい。田原町のあとは新寺町でやんすね」

「ところで、樫太郎、おまえは紅組のことをどう思う」

七蔵は厳しい西日を避けつつ歩みながら言った。

「十六、七、八と言やぁおまえと同じ年ごろだ。紅組の連中がなにを考えて悪さに走ってるのか、おまえに思い当たる節はあるかい」

樫太郎は間を置いてから、物思わしげに答えた。

「かっこ悪く生きるより、かっこ良く死にてえって思うときはありまさあ」

「確かにな。悪さをしてるやつらの肩を持つ気はさらさらねえが、俺も若いころは、似たようなもんだったかもしれねえ」

二人は阿部川町《あべかわちょう》まできていた。

新堀川の菊屋橋《きくやばし》を東に越えて本願寺門前を過ぎると、田原町である。

「旦那、あれ」

「ああ。わかってるよ」

土手道を三十間ばかり上った正行寺《しょうぎょうじ》門前の町家の並ぶ川端に、川面《かわも》を背にしたひとりの侍を七人の男が取り囲んでいた。

囲んだほうの男たちは、若衆髷の二本差しに引き摺《ず》りそうなほど裾の長い白羽織をだらしなく羽織り、鮮やかな背中の大きな紅の字を見せびらかしていた。

男たちはざわざわとうろつき、群れた野良犬のような奇声を発していた。

一方の侍は、絣《かすり》の単衣に鄙《ひな》びた袴《はかま》姿で、手には風呂敷《ふろしき》を抱えている。

「紅組だぜ。まずいのに取っ捕まっちゃったね、あの田舎《いなか》侍」

「こりゃあ多勢に無勢だよ。おめえ、いって助けてやれよ」

「冗談じゃあねえ。あんなのにかかわりあっちゃあ、命がいくつあっても足りねえよ」

野次馬が集まり出し、調子よく言い合っている。

「樫太郎、いくぜ」

十手を引き抜き、土手道を駆け出した。

斬り合いが始まり、刀の触れ合う音と奇声が飛び交った。

新堀川を背にして後ろのない侍は、三方からの攻撃を懸命に払って、刃が日差しを受けてきらきら舞った。

侍の落とした風呂敷から本や小物が道に散乱している。

「待てえっ。天下の往来で物騒なものを振り回すんじゃねえ」

七蔵が囲みの中に割って入り、一喝した。

白粉を塗りたくり唇に紅をさした七つの顔が、一斉に七蔵へ向いた。

「さっさと刀を仕舞え。ぐずぐずしていやがると、この十手がものを言うぜ」

「よっ、八丁堀っ、珍しくいいとこに現れたね」

橋の上や土手道の野次馬から声がかかった。

「でえじょうぶかい、お侍さん」

「かたじけない」

育ちの良さそうな白い顔が青ざめている。

侍の左袖《そで》が赤く血に染まっていた。

取り囲んだ男たちは、餌《えさ》を横取りされた野犬のようにうろうろした。

中にひと際背の高い男がいて、みなその男の指示を待っている。

男は、女物の桜色の小さく開いた扇子で血走った目から下を隠し、七蔵をじっと見つめた。

こいつらが紅組なら、このでかいのが轟紅之心か。

それにしてもなんとも悪趣味な連中じゃねえか――と七蔵は思った。

紅之心が頷くと、それを合図に六人はしぶしぶ刀を納めた。

一方の侍も太刀《たち》を納め、道に散らばった本や小物を拾い始めた。

樫太郎が飛びこんで、左手の利かない若侍を庇《かば》って手伝った。

目の縁に青い隈取《くまど》りをした男が、足元の本を樫太郎の方へ蹴《け》飛ばした。

「しゃらくせえことするんじゃねえっ」

すかさず七蔵がその男の足を払った。男は仰向けにひっくりかえり「いてえ」と子供みたいな声を出した。

わあっと、見物人の間から歓声が起こった。

「やるじゃねえか、八丁堀、八丁堀、もっとやれえ」

「見直したぜ、八丁堀、おれの思ったとおりだ」

残りの化粧顔がいきりたち、納めた刀の柄に手をかけた。

「やるのか、てめえら。上等じゃねえか」

七蔵はほかには目もくれず、紅之心の血走った目に十手を突きつけた。小首を傾《かし》げて七蔵の全身を睨《ね》め廻し、

「お役人。失礼いたした。冷静に冷静に。今日のところはこのくらいにしておきましょう。いずれまた、どこかで」

と、目をそらさないまま口元を扇子で隠して言った。

「みんな、いくよ」

扇子の陰で紅之心がくすくす笑った。

五

傷の手当てのために自身番にともなった若い侍は、定番《じょうばん》の手当てを受けて少し落ち着いた様子で、色白の一重《ひとえ》の目に涼しげな笑みを取り戻していた。

「わたしは、鏡音三郎《おとさぶろう》と申します」

中越《ちゅうえつ》は永生藩の藩士で、江戸へ出てまだ二ヵ月しかたっていなかった。歳は二十三歳。浅草田圃《たんぼ》北方《きたかた》の日本堤《にほんづつみ》沿いにある田町《たまち》の、作右衛門《さくえもん》とふね夫婦の一軒家の離れを借りている。傍らの風呂敷包から本がのぞいていた。

「本が好きなのかい」

「わたしは、江戸での生活《たつき》に、読み書き手習いの師匠を始められればと考えています。今日は朝から江戸の知人を訪ねた帰りでした。そこの通りですれ違ったあの連中にいきなり因縁をつけられたんです。わたしは田舎者で江戸ふうを知らないものだから、なにか気に入らなかったんですね」

「あんなやつらのことは気にかけることはねえ。ところで、これは？」

七蔵は、本のほかにのぞいている二寸（約六センチ）足らずの方形の木片を手に取って訊いた。

「帯ばさみの根付《ねつけ》の材料に買ってきたものです。お役人がお持ちのそれは、棗《なつめ》です。これは黄楊《つげ》、これは黒柿《くろがき》です」

「ほう。根付かね」

「私は剣は未熟ですが、子供のころから手先が器用でした。父に内緒で町の細工師に通って、根付の作り方を教わったことがあるんです。侍の子がそんな真似《まね》をするなと父に叱《しか》られましたが、師匠には筋がいいと褒《ほ》められました」

音三郎は印籠《いんろう》の根付を見せた。

「桜の木を使って私が作った形彫り根付です。漆《うるし》塗りの仕上げまで自分でやりました。橋本町の小間物問屋の主人がこれを褒めてくれて、新しいのを細工してほしいと頼まれました。できが良ければ買ってくれるかもしれません」

七蔵には音三郎の純朴さが好ましかった。背丈は自分と同じくらいだが、ちゃんと飯を食ってるのかいと言いたくなるほどの痩身である。

「けど、永生藩のお侍がなぜ江戸で浪人暮らしなんだい？　野暮なことを訊くようだが、これも務めでね。国でなにかしくじりでもあったのかね」

「わたしは、この春まで藩校の読師格《どくしかく》を務めておりました。十年前、父が亡くなり、長兄の甚之輔が家督《かとく》を継ぎ、兄がわたしの父親代わりでした。わずか百二十石の勘定方ですが、わたしは来年には読師に昇格し独立する予定でした」

「つつがなく、国で暮らしていたわけだ」

「はい。ところがこの三月、江戸勤番だった兄が納戸方の浅茅玄羽という家士に襲われ、不覚にも落命いたしました。その日は江戸で大きな火事があった夜だと聞いています。兄は御用向きで商家を訪ね……」


鏡音三郎には二人の兄がいた。

ひとりは父亡きあと家督を継ぎ永生藩勘定方を務めていた六歳上の長兄・甚之輔。今ひとりは、去年、勝手元・鈴木善行《すずきぜんこう》の娘婿《むすめむこ》として鈴木家の養子に入った四つ年上の次兄・義弘《よしひろ》である。

文化三年三月七日深夜。

永生城下・稽古町にある鏡家の表門を激しく叩《たた》く音が家内の眠りを破った。

音三郎が不安げな母親をなだめて表門を開けると、城代家老・河合三了《かわいさんりょう》の若《わか》党《とう》がいた。

音三郎に急ぎ大手通りの河合さまお屋敷に参るように、との知らせだった。

身形《なり》を整え城代家老の私邸に急ぐと、案内された家老の居室には河合のほかに、勘定方組頭・大曾根《おおそね》半兵衛《はんべえ》と納戸方組頭・保田助九郎《やすだすけくろう》、そして次兄の義弘が神妙な面持ちで音三郎を待っていた。

江戸勤番の長兄・甚之輔が、三月四日の夜、同じ江戸勤番納戸方の浅茅玄羽に江戸で討たれたと組頭・大曾根から知らされたのは、そのときだった。

事の経緯はこうだ。

去年暮れ、江戸上屋敷において納戸方の裏金が発覚し、それを遊興費に使っていた納戸方の名前が数名上がり、浅茅玄羽の名前もその中にあった。

重役たちは、裏金が小額でもあり自分たちの管理不行届きも問題なしとは言えずとし、事を荒だてぬように、内々に収めることに衆議一決した。

そのため長兄・甚之輔は、重役の指示で、裏金の穴を埋めるため上屋敷御用達の商人へ支払猶予《ゆうよ》や金策に密《ひそ》かに奔走《ほんそう》させられていた。

折りしも上屋敷では、ここ数年来、蔵元への借財が膨らむ一方の台所事情に、重役たちの失政を問う声が家士の間で高まっていた。

浅茅玄羽は、密かに金策に奔走する甚之輔を、重役たちにおもねり、台所勘定の失敗を些細《ささい》な裏金の処置に隠れて責任を免《まぬが》れようと画策する佞臣《ねいしん》どもの走狗《そうく》と誤解した。

三月四日の夜、浅茅玄羽は甚之輔を斬殺し、そのまま出奔《しゅっぽん》した。

「問題は、これからのことだ……」

家老の河合が苦渋の表情を浮かべて言った。

大曾根と保田、そして次兄の義弘が音三郎を見つめていた。

音三郎は上役たちに深々と頭を下げ、動揺を隠すためゆっくり言った。

「ご家老さまに申し上げます。それがし、ただ今より家に立ち戻り、母に事の次第を伝え、すぐさま出府いたします。武門の面目にかけて浅茅玄羽を討たねばなりません。大曾根さま、藩の免許状をいただきますよう、お取り計らい、お願い申し上げます」

「武士なら、そうであろうのう。だがな、音三郎。敵討《かたき》ちはお主ひとりでやらねばならんぞ。義弘にも申したのだが、義弘は今は鈴木家の現当主。当主として勝手元の務めを果たさねばならぬ。敵討ちは武家の面目。とは言っても、武勇一筋でご奉公できていたころとは、今は時代も違う。お家の務めを果たすことも敵討ち同様、おろそかにはできんことなのだ」

「ご家老さまに重ねて申し上げます。兄・甚之輔の敵討ちは、それがしひとりで参る所存でございます。武門に生まれたからには、そのためたとえ山野に朽ち果てようと悔いはございません。ただ、心残りは我が鏡家のゆく末。願わくは、こな兄、義弘に鏡家の当主をご命じくだされ、鈴木家ともども家政を守っていかれますようお取り計らいいただければ、望外の慶《よろこ》びに存じます」

音三郎は手を畳につけたまま言った。

自身番の前を子供たちが走り、西日がそれを追いかけて通りを茜《あかね》色に染めた。

七蔵には、儒者《じゆしや》の道を歩んで武張ったところのまるでない音三郎の、それでも武士の意地を全うしようとする矜持《きようじ》が、健気《けなげ》でもあり哀れでもあった。

敵討ちが、武士の間でも評価されない時代になりつつあった。

父親の亡骸《なきがら》が、大八車で運ばれて八丁堀の亀島町《かめじまちよう》の家に帰ってきたのは、冷たい雨が降る朝だった。

母・伝は裸足《はだし》で外に飛び出し、大八車の父に縋《すが》って泣いた。目を閉じた父の土色の顔が、母の肩越しに見えた。七蔵もじっと佇んで雨に打たれていた。

「侍は泣いてはならぬ」

後ろから祖父・清吾郎が七蔵の肩を抱き、おだやかに言ったのを覚えている。

あのとき、悲しみや怒りや憎悪が幼い七蔵を打ちのめした。

だが、悲しみや怒りや憎悪が人を育てることもある。

意地が男を一人前にする。

歳月がすぎ四十歳になった七蔵は、そう思うようになっていた。

「樫太郎、田原町へはひとりでいく。鏡さんを田町まで送って差し上げろ」

「お気遣い、いたみ入ります。ですが大丈夫です。ひとりで帰れます」

「いいってことよ。これで、なにか美味《うま》い物でも食っていきな」

七蔵はぽんと膝を叩いて立ち上がり、二朱銀《にしゆぎん》を樫太郎に握らせた。

「……いただきやす。旦那、下谷へはいつ参りやす？」

「調べたいことがあるから今日は奉行所にいったん戻る。井上道場は明日だ」

両手を懐に夕焼けの町へ、七蔵はさっと姿を晦《くら》ませた。

六

田原町の裏店、九尺二間《くしやくにけん》の棟割《むねわり》長屋に、仁平の女房・お芳は幼い子供と二人で住んでいるはずだった。

だが、七蔵がいってみるとそこはすでに空家になっていた。

家主によれば、お芳は幼い子を抱えて女手ひとつでは暮らしがたちゆかず、二《ふた》月《つき》前にここを引き払ったとのことだった。

七蔵は奉行所に戻り、四半刻《しはんとき》ほど調べ物をしたあと、石町《こくちょう》の暮れ六ツの鐘が鳴るころ、鎌倉河岸の小料理屋《し乃》へ足を延ばした。

し乃と記した行灯《あんどん》が軒にかかった表の暖簾《のれん》をくぐると、折れ曲がりの土間の片側に衝立《ついたて》で仕切った小座敷が四つ並んでいて、四つとも客で賑わっていた。

「おや、おいでなさいまし」

女将の篠が奥から出てきて、七蔵をしっとりとした物言いで迎えた。

色白で背が高く、小紋を白く抜いた黒地の小袖にだらり結びの帯、少し猫背のほっそりとした襟足が、三十一の歳相応に艶《つや》めいた風情《ふぜい》だった。

厨《くりや》の脇を通って奥に二つある四畳半の座敷のひとつに通された。

「萬さま、お見限りでございましたね」

少し甘ったるく言って見せた笑い顔が、娘のように若やいで愛くるしく、七蔵は与力の久米が執心なのも無理はないと、《し乃》にくる度に思う。

「久米さんに景気が悪くて大変だとこぼしていたそうだが、なかなかの賑わいじやねえか」

「そう言えば、萬さまがきてくださるかと思って。思いが通じました」

「そりゃあ、どの客にも思いが通じたってことかい」

「意地の悪い仰《おつしや》りかた。よろしゅうございます。今夜はお酒のお料理に、わたしの思いもおまけにおつけいたしましょう。もちろん、ただで、いかが……」

「はは……そいつは興味深《ぶけ》えが、今夜はもうひとり客を呼んでるんだ」

「では、おまけは後日のお楽しみに残して、今夜はいつものお酒とお料理で」

運ばれてきた酒を、篠の酌でちびりちびりとすごし始めたところに室町の髪結の嘉助が現れた。それを潮に、篠が座敷を下がった。

「旦那、どうもご無沙汰しておりやした」

「わざわざ呼び出して、すまなかったな。まあ、一杯いこう」

「いただきやす。樫太郎は、ちゃんとお役にたっておりやすか」

「ああ。あれは若いのに気の廻る男だ。おおいに助かっている」

「そう言っていただけりゃあ、旦那にお引き合わせした甲斐《かい》がありやした」

酒好きの嘉助は、美味そうに杯をあおった。

「ところで、お甲が上方から戻ってるぜ」

「えっ、お甲が。そいつは知らなかった。今どこに？」

「花房町で長唄の師匠をやってる。おれも久米さんに言われて、今日の昼間会ってきたばかりだ。しばらく使ってくれって言われてな」

「なるほど。お甲は元気で変わりなく、しておりやしたか」

「ちょっとやつれた様子だったがな。二年前と、あんまり変わらねえ」

「あっしはお甲の親爺《おやじ》の掏摸の熊三を知っておりやすから、お甲が哀れでね。どうもあの陰のある面《かお》を見ると、胸が痛んでならねえ」

嘉助は七蔵に酌をする。

「それはそうと、お甲はもう動いている。嘉助にも手伝ってもらえねえかい」

「へい。相手は誰で？」

「紅組という悪餓鬼だ」

嘉助の笑みが途端に消えた。

「知ってるかい」

「知ってるもなにも、ありゃあ、とんでもねえ餓鬼だ。もうだいぶ以前から下谷浅草界隈を荒らし廻って、御番所がやつらをのさばらしてるのは、紅組が旗本御家人だからだと、もっぱらの評判です」

「この春に、仁平という田原町の畳職人が殺された事件があった……」

七蔵が話し始めると、嘉助は探索の目つきになり、上目使いに七蔵を見た。

七

同じころ、轟紅之心は仲間の六人を従え、福富町《ふくとみちょう》二丁目の《梅寿庵《うめじゅあん》》の障子戸を開け放った。

七人は店になだれこみ、何人かが声高に主人の名を呼んだ。

「茂兵衛《もへえ》、茂兵衛……」

夜の商いが始まりたてこんでいた客が、みな外に逃げ出した。

梅寿庵は四十代の亭主・茂兵衛と七十近い母親の二人で切り盛りしている間口二間半に十人も客が入れば満席になる小商いの蕎麦《そば》屋である。

丸に梅の字の前垂れをつけた茂兵衛が、調理場から恐る恐る現れた。

茂兵衛は、天井に頭が届きそうな紅之心の不気味な白粉顔に怯《おび》えつつ小さな紙包を差し出した。

老母は調理場の竈《かまど》の側から様子をうかがって、早く終わってくだされと掌《てのひら》を合わせている。

五尺そこその茂兵衛の頭の上に白粉顔を出した紅之心は紙包を解き、緡紐《さしひも》で括った二百文と百文の銭を団扇《うちわ》のような掌《て》で弄《もてあそ》んだ。

「これは?」

「どうか、今夜のところはこれでご勘弁を。こう度々では商いが持ちません」

茂兵衛は紅之心の視線をそらし、額《ひたい》の汗を拭《ぬぐ》った。紅之心の充血した目が吊り上がり、突然、右の掌が茂兵衛の左顔面に振り下ろされた。

小柄な身体は奥まで吹っ飛び、蕎麦の椀《わん》や盆を重ねた棚もろともひっくりかえった。

悲鳴をあげて茂兵衛に駆け寄る老母を、男たちが縛り上げ猿轡《さるぐつわ》を嚙ませた。

紅之心は土間に倒れた茂兵衛の単衣の襟首をつかみ、吊るし上げた。

「これが、茂兵衛さんの始末のつけ方なのか。舐《な》められたもんだね」

紅之心の殴打が再び茂兵衛の顔面を襲い、茂兵衛は竈と流しの間の水瓶《みずがめ》まで飛ばされた。水瓶が倒れ、土間と茂兵衛は水浸しになった。

茂兵衛は朦朧《もうろう》とし、口も利けなかった。

「おまえたちも、この男に礼儀を教えてやれ」

六人は起き上がれない茂兵衛を散々踏みつけにした。

喚声をあげながら店を滅茶苦茶に壊し始め、蕎麦や天麩羅《てんぷら》などの食材が土間にも座敷にも撒《ま》き散らされた。

近隣の住人が自身番の町《ちょう》役人を呼びにいったが、町役人が駆けつけたとき、紅組は早や姿を消し、茂兵衛が縛られた老母の縄を解いているところだった。

化粧顔に白羽織の紅組が《梅寿庵》に現れたのは、二ヵ月前の夜である。

店仕舞い間近にきた薄気味悪い七人が、黙って蕎麦を食った後、「亭主」と呼んだ。

てっきり勘定と思っていった茂兵衛に、ひとりが突然怒鳴り出した。

「おまえの店では、侍にこんな物を食わせるのか」

見ると、蕎麦を食い終わった汁だけの椀に蛙《かえる》や蝶《ちょう》の死骸が浮いていた。

毒々しい気色の悪さに、茂兵衛は「ひえっ」と声をあげて後退った。

立ち上がった頭格の大男が、刀をさらりと抜いて茂兵衛の首筋に押し当て、

「で、ご亭主、どう、始末をつける」

と震える茂兵衛の顔につきそうなほど白粉顔を寄せ、ささやいた。

この白粉顔の男たちが、界隈で噂になっていた紅組と茂兵衛が知ったのは、強請りの始まったあとだった。

以来、三日にあげず紅組が店に現れ、銭五百文、六百文と、わずか蕎麦十六文から三十二文の小商いの上がりを掠《かす》め取っていった。

茂兵衛は、紅組が現れるとほかの客が恐れて店から逃げるし、また逆らえばなにをされるかわからず、泣く泣く金を支払ってきた。

だが、もうお仕舞いだ……

茂兵衛と老母は町役人らの目もはばからず、抱き合って泣いた。

八

翌日も暑い一日になった。

新寺町通りに、井上道場の朽ちかけた冠木門《かぶきもん》があった。

前庭は雑草が生え放題のまま手入れもされず、玄関式台の軒には蜘蛛《くも》の巣が張っていた。

うらぶれた邸内の柿の木の葉陰に青柿が、ちらほらとぶら下がっている。

夏と勘違いした油蟬が盛んに鳴いていた。

「旦那、思っていた以上にぼろ道場でやんすね」

樫太郎が中の様子をうかがいつつ言った。

井上道場へくる前、自身番で道場主は戸田流《とだりゅう》の井上亮右衛門という上総鶴牧《かずさつるまき》の浪人であることを訊きこんでいた。

亮右衛門はすでに七十をすぎ、作次《さくじ》という下男が働いている。

前庭から傷みの激しい板塀に囲まれた中庭に廻ると井戸があった。

そこから戸を開けたままの勝手口の奥に、薄暗い土間が見える。

「ごめんよぉ、もぉし、誰かいるかい」

樫太郎が声をかけた。しばらくして、すり切れた麻の単衣を尻端折りにし、まばらな白髪頭の老いた下男が、薄暗がりからのそりと現れた。

「おいでなさいまし」

「八丁堀の者だが、あんた、作次さんかい。ちょいとこちらの先生に訊ねたいことができたもんでね、取り次いでもらえるかい」

七蔵は樫太郎の後ろから言った。

「先生は、もう一年以上寝たきりだで、お訊ねになってもおわかりにはなりますまい。若いもんが追っつけ戻りますで、その者らに訊いてみなされ」

「若いもんたあ、紅組のことかね」

七蔵が言うと、作次は、おや、としょぼしょぼした目を瞠《みは》った。


作次は、今は寝たきりの井上亮右衛門に五十年も仕えてきた下男だった。

「作次さんがずっと先生の世話を？」

「だいぶ前から道場は門弟《もんてい》が減って、先生も歳だからそろそろ道場を閉じてどっかの裏店に越すつもりでおりました。あっしも嫌だが、甥《おい》っ子の世話になるつもりでいたところが、昨年、先生が頭あやられてぶっ倒れちまった。先生には身寄りもないので、あっしが世話するしかありません」

作次は、土間の水瓶から椀に水を汲《く》んで板敷の七蔵と樫太郎に出した。

「そこへ、去年の秋、先生が倒れるまで道場に通っていた轟紅之心という若いのが、同じ若いのを六人ばかし引き連れてきて、道場を立て直してやると言い出しやがって。それで勝手に居座っちまったのが事の始まりなんで」

「先生は、それを承知したのかい」

「今は呆《ぼ》けてなにもわからなくなったけども、去年はまだ少しはわかっておりましたでな。ほかに頼れるあてもないのだし、いっそ若い者に任せてみようかと思ったのが、これがとんだ食わせ者だった」

紅之心らが道場に乗りこんできた秋以来、井上道場はいっそう寂《さび》れ、荒廃するばかりだった。七人が武家の部屋住みらしいことはわかっていたが、道場に入りびたり、わが物顔に振舞うようになった。

「あいつら、夕暮れ近くなると市中へ繰り出し、上野や浅草界隈をうろつき廻って、目をつけた小商いの店に因縁《いんねん》をつけて強請りたかりを始めた」

「それを作次さんは、知っていたのかい」

「知ってまさあ。逆らいでもしたら、殴る蹴る、店を荒らす、やりたい放題の乱暴狼藉《ろうぜき》だ。しかも金が欲しいだけじゃねえ。やりたい放題の悪辣《あくらつ》ぶりを見せびらかしてえんだ。みんなが恐がるのが愉快でならねえんだな」

「井上先生も、わかってるのかい」

「先生はもうなんにもわからねえ。あいつら、紅之心を頭に自分ら七人を紅組とか餓鬼みたいに呼びやがって、道場はもう紅組のねぐらになっちまった」

「作次さんと先生の暮らしはどうやって、たててる」

「へえ、悪い金とはわかってるんだが、背に腹は代えられねえ。仕方なく紅組がどっかから巻き上げてきた金で……けどほとんどがあいつらの飲んだり食ったりで消えちまうで、あっしと先生は連中のおこぼれを、細々と……」

「なぜそうなるまで、放っておいた」

「放っときゃしねえ。町役人に頼んで、廻り方に話したことはありまさあ」

「廻り方はどうした」

「みなお武家だし、なかには旗本の大身の家の者もいるとかで、町方ではどうにもできねえ、お奉行さまに話しておくということで、結局、それっきりで」

七蔵は呆《あき》れた。

「作次さん、この三月の大火事があった日を覚えているかい？　あの火事の夜、田原町の仁平という畳職人が殺されたんだ。それであの晩、紅組がなにをしてたか知りてえんだ。あいつらはずっとこの道場にいたのかい。それとも……」

「覚えているよ」

作次は周囲をはばかるように、ささやき声になった。

「あの火事の夜のことはよ。火の手が心配で町内でも人がざわついていたところへ、もう四ツ半（午後十一時）すぎだった。あいつらがどっかから戻ってきて、裏の井戸で刀を洗っててやがった」

「刀を？」

「ああ、刀だ。刀ぁ洗いながら、おれは三太刀《みたち》だ、おまえは二太刀だのと、興奮して喋《しゃべ》っているんで、耳澄ましてたら、どうやら人を殺《あや》めたのを自慢し合ってるみてえだった。ずいぶんなことをやらかしたもんだと、あっしは恐ろしくなっちまったもんだから、聞かなかったことにしておこうと……」

「なんで人を殺めた話とわかった」

「あいつらが言ってたでよ。あの男、およし、およしってくたばりやがったな、とかなんとか、繰りかえして言ったから間違いねえ」

「およし、ってか」

「ああ、およしだった。確かそうだった」

「その、場所はわからねえか」

「吾妻橋がどうのこうのと聞こえたで、きっと、大川端のそこらあたりだ」

作次がそこまで言ったとき、板敷の奥の木戸が、がらりと開いた。

九

二十畳ほどの広さの古い道場は床が軋《きし》み、壁は穴だらけだった。

神棚の上にかかった黄ばんだ扁額《へんがく》には、《創造不断》の流麗な字が書かれてある。

天井には雨漏りの跡がくっきりとした染みを作り、道場の隅やそこかしこに竹刀《しない》や防具、汚れた稽古着や名札などが散乱して饐《す》えた臭いがした。

七蔵は懐手で道場の中央に立った。

樫太郎は後ろに下がらせた。

紅之心とほかの六人は昨日の紅の文字を染め抜いた白の長羽織ではなく、稽古着姿だった。それも色褪《あ》せた稽古着と彼らが施しているけばけばしい化粧が、珍妙なほど不釣合いに見えた。

「さあみんな、お客さまだよ。わざわざ八丁堀からお見えだ」

神棚を背にした紅之心が口紅のついた歯を剝き出して言った。

六人が喚声をあげ、掌を叩いたり竹刀で床を叩いたりした。

みな思いがけず窮地に飛びこんできた昨日のおせっかいな同心に、いつでも襲いかかる用意をしている。

「あんた、轟紅之心、さんだろう。轟家といえば旗本のご大身だ。お父上お母上もさぞかしご心配なさっているぜ」

七蔵が古びた道場に通る声で言った。

紅之心が薄笑いを含み、六人もにやついた。

「おめえらも、本所は小普請組の御家人さんのお坊っちゃんとお見受けするが、諸色高直《しょしきこうじき》の折り、親御さんも暮らし向きが大変だぜ。家に帰って、親御さんの肩のひとつでも揉んで差し上げたらどうかね」

「お役人、お名前は？」

「名乗ることもねえが、まあ、よかろう。萬七蔵。北御番所の同心だ」

「よろず？　ななぞう？　ああ、あんた、鬼より恐い夜叉萬だね。北町奉行所に夜叉萬という不浄役人がいる噂は聞いたことがある。あんた、評判悪いねえ。悪《わる》が鼻を抓《つま》むくらいの腐れだって？」

七人が揃《そろ》って竹刀の先で床を突き、声高に笑った。

七蔵は気にもかけず、言った。

「今年の三月四日、大火事のあった日だ。大川端は吾妻橋の近くで、田原町の仁平っていう畳職人が斬殺されたんだが、この中にその事件についてなにか心あたりのあるやつはいねえか。あったら教えてもらいてえ。仁平の刀傷の具合から、どうやら仁平を殺した仲間は七人だ」

「そんな仁平とやらの前に、夜叉萬、まず一手ご指南《しなん》願えぬか。八丁堀剣法か、夜叉萬剣法か、どっちでもいいが。ねえ、みんな」

六人が紅之心に応じ、床を竹刀で賑やかに叩いた。

化粧で顔つきはわからないが、なぶりものにする餌をほしがっているのは、興奮した鼻息でわかった。

そうやって仁平も殺したのかい――七蔵はぼそっと呟いた。

「そうかい。たまにはこういうのもいいだろう」

七蔵は、壁にかかっている竹刀の一本を無造作に取った。

それをひとしごきしてぶんと振り、次に腰の両刀を後ろの樫太郎に渡して笑顔を投げた。

「結構だ」

悠然と道場の中央に戻ると、右手の竹刀をだらりと下げた。

「さあ、どっからでもいいぜ。ひとりずつか、まとめてか」

「おおっ、俺だあ」

七蔵の前にひとりが勇んで飛んで出た。

昨日の目の縁を青く隈取った男だった。

十

昨日はそう感じなかったが、向かい合ってみると小柄な男だった。

「おいおい、防具はつけねえのか」

「てめえ、びびったか。今さら遅いんだよ」

男はなんの構えも取らず「どりゃあ」とがなり、竹刀を七蔵に向けひょいひょいと上下させた。

隙だらけ、というより、剣術の体《てい》をなしていない。

「やっちまえ、ひいひい言わせてやれえ」

「じじい、しょんべんちびるなよお」

廻りがからかった。武士の倅とは思えなかった。

た。

「それでいいのかい」

七蔵は竹刀を垂らしたまま言った。

青の隈取りは竹刀をひょいひょいさせながら、「どりゃあ」としか言わなかった。

その男の横っ面を竹刀で、したたかに叩いた。

瞬間、青の隈取りは小首を傾げて、舞いのように爪先《つまさき》立って横向きによろけ、壁にぶつかり、横転した。

そこで「あたた……」と悲鳴をあげ、のた打った。

白粉で隠れた男の片方の首筋から頰《ほお》にかけて、見る見る腫《は》れ上がっていく。

続いて、背丈は普通だがでっぷりとした男が、竹刀を肩に担いで前に立った。

これは目に隈取りはなく、両頰に丸く可愛らしい紅を描いている。

男は右半身に構え、同時に竹刀を肩から下ろした。

そして斜め右前方にやや立てるようにかざすと、両膝を曲げ、左手を稽古着の腰のあたりにあてがった。

不思議な構えである。

七蔵は正眼に構え、つっと前に出た。相手の出方を見るまでもなく、丸い腹に突きを入れた。

ずん、と丸い腹が鳴った。

竹刀が丸い腹にめりこんだ。

「ぐえっ」

男は膝を落とし腹を両腕で押さえて突っ伏した。

涎《よだれ》を垂らし、ぐえぐえ、と息の漏れるような妙な音を出した。

腹からこみ上げて吐き出しそうな物を、必死になって堪えている。

「誰か外へ連れてってやれ」

そう言った七蔵の後ろから、三人目が上段にとって打ちこんできた。

ちょおおお……

身体を右に半回転させ、左斜めに打ち下ろす相手の竹刀に添うように、七蔵自身の中心線の延長上を、頭上から下段まで軽やかに竹刀を働かせた。

「とおっ」

七蔵の気合が初めて道場を威圧した。

がらん、と三人目は竹刀を落とした。じっと立ちすくんで手首を押さえ、痛みを堪える子供のように震えていた。

「めええんっ」

と浴びせて、脇を擦り抜けた。

三人目が七蔵の後ろで昏倒《こんとう》し、身体をぴくぴくと痙攣《けいれん》させた。

無傷の三人が「ああっ」と走り寄った。

「気絶してるだけだ。水でもかけてやりゃ目を覚ます」

猛り狂った三人が束になって襲ってきた。

だが、速さ、間、機が共通の意志を持って連携を計れなければ、集団の強さは生まれはしない。

同時に仕掛けているつもりでも、三人の動きはばらばらだった。

七蔵は間合いなど知らずに真っ先に突進してきた中央の男の顔に、竹刀を突きつけた。

竹刀の先端が、大口を開けて威嚇していた男の口腔《こうこう》にごぼっと嵌《はま》り、引き抜いた瞬間、数本の歯が一緒に飛び散った。

その二挙動の間、残りの二人は七蔵の脇と背後に回ろうと計って、まだ打ちかかってきていない。

遅い、ということがわかっていない。

歯を折られた男が悲鳴と血を噴きながら仰向けに倒れかけたとき、脇へ廻った男が七蔵の左胴をようやく払った。

それを軽く受け止め、受け止めたまま竹刀の柄尻《つかじり》で男の鼻先を薙《な》いだ。

尖った鼻先が顔の中心線から明らかにずれた。鼻骨が折れたのだ。

男はよろめき、尻餅《しりもち》をついた。

背後に廻った男は七蔵と目が合うと、上段に振りかぶった構えから意気阻喪《いきそそう》して固まっていた。

目に漲《みなぎ》っていた凶暴な光が、怯えた哀願に変わっていた。

「打ちこめえっ」

紅之心の甲高い声が響いた。

だが、男はもう動けなかった。

七蔵は固まった男の頰を、平手で四回引《ひ》っ叩《ぱた》いた。

男は目をぱちくりさせた。それから、床にべったりとしゃがんで両掌で引っ叩かれた頰を覆い、しくしくと泣き出した。

五人の惨状を目のあたりにし、頰を叩かれたことぐらいですんで、内心、ほっとしたのだろう。

「残りは、あんたひとりだぜ」
七蔵は紅之心を睨み据えた。
紅之心は高い背をさらに高く聳《そび》やかすように身体を反らして、顎《あご》を上げた。
なにも言わず、身動きもしない。
ただ、早い呼吸で小鼻を震わせている。
突然、紅之心は雄叫《おたけ》びをあげた。
床を激しく三度叩いた。
と、上段から七蔵の面を続けて打ちこんできた。
めんめんめんめんめん……
七蔵に反撃のゆとりを与えず、我武者羅《がむしゃら》に仕掛けてくる。
七蔵は竹刀の届かない間合いを保ちつつ、後ろへ真っ直ぐ下がった。
それが紅之心の攻撃をさらに誘った。
突然、後退の足を止めた。
ばん。
奇声とともに打ち下ろした紅之心の竹刀が七蔵の絽の黒羽織の肩を捉《とら》えた。
「勝ったあっ」

紅之心が叫んだ。

七蔵は口元を緩めた。左手で紅之心の竹刀をつかんで、

「誰が、勝ったんだ？」

と、言った。

紅之心は目を瞠った。

七蔵につかまれた竹刀を引こうとしたが、びくともしない。

「離せっ。勝負はついただろう。真剣ならばおまえはとっくに死んでいる」

「これは竹刀だ。間抜けめ」

七蔵は紅之心のがら空きの、腋《わき》の下を打ち据えた。

「あいたた……そんな剣術あるかよ、卑怯者《ひきょうもの》」

紅之心は竹刀を離し、打たれた腋の下を押さえた。

七蔵は紅之心の竹刀を投げ捨て、今度は反対側の腋の下をしたたかに打った。

ばちぃん、と腋の下の皮膚が破れる音がした。

「はあああ……」

まるで、自分自身を抱き締めるみたいに身体を窄《すぼ》め、両腕で腋を押さえた。

そこを後ろから足払いを食らわせる。

仰向けに倒れた紅之心の後頭部が床でごつんと鳴った。

七蔵は竹刀の先を紅之心の喉《のど》に押しつけた。

「じたばたするんじゃやねえ」

竹刀に力を加えると、紅之心は赤い舌を出して喘《あえ》いだ。

「仁平殺しの話を、聞かせてもらおうか」

紅之心は竹刀の先端を喉から外そうともがき自分の口を指差し「苦じい……苦じい……」と訴える。

「なに？　苦しくて口が利けねえってか。外したら仁平のことを話すんだな」

紅之心が小刻みに頷いた。

七蔵は竹刀を外した。

紅之心は咳きこみつつ、上体を起こした。

喉の奥から異物を吐き出そうとするかのように、涎を胸元に垂らした。

そうしてようやく息が整ってきたとき、七蔵をきっと睨み上げ、喉を傷めたのか、掠れた声で叫んだ。

「知らん、知らん、仁平なんて虫けらのことなんか、知らないんだよ」

七蔵は紅之心の顔面に竹刀を見舞った。

紅之心は仰《あお》のけに倒れこみ、そのまま動かなくなった。

「これじゃあ話も訊けねえな。樫太郎、今日はこれで帰《けえ》るぜ」

「へい」

樫太郎が勇んで、懐にしっかりと抱いていた二本を七蔵に差し出した。

作次が桶《おけ》に水を汲んで道場に入ってきた。

十一

夜になった。

井上道場の奥座敷に紅組の六人が、車座になり一升徳利《どつくり》の酒をあおっている。

首筋、頭、手首に晒《さら》しを巻いた者、鼻や唇、頬が赤黒く腫れたり痣《あざ》になったりした者、腹に大きな膏薬《こうやく》の布を貼った六人が、声もなく茶碗酒を口に運んでいる。

紅之心だけが六人から離れた床の間の檜《ひのき》の化粧柱に凭《もた》れていた。

紅之心も、目の下に青黒い大きな痣を作っていた。

行灯の仄明《ほの》かりが、七人の傍らに汚物のような黒い影を落としていた。

障子は破れ、山水を描いた襖《ふすま》は、刀傷や何かをぶつけた穴が幾つも空いている。食い物の滓《かす》や脱ぎ散らかした着物、足袋《たび》、絵双紙《えぞうし》、綿のはみ出た布団などが散らかっていた。紅之心が茶碗酒をひと息に呑《の》み干し、

「ちくしょう」

と、いきなり投げ捨てた茶碗が、車座の六人の頭の上を越え、傷だらけの襖に当たって畳に転がった。

「あいつ、ぶっ殺してやる」

紅之心は朱鞘の鐺《こじり》を古畳に突き、片膝を立てた。

と、目の下の痣が痛むのか顔を顰《しか》め、掌を上瞼《うわまぶた》のあたりに当てがった。

「絶対、ぶっ殺してやる」

顔を顰めたまま、憎々しげに繰りかえした。

「おおっ、やってやろうぜ」

「おおし、この刀に物言わしてやる」

紅之心に同調した二人が、鐺で畳を威勢よく突き、鍔《つば》を鳴らした。

「けど、あんな強《つえ》えやつ、どうやって殺《や》るんだよ」

首筋に晒しをぐるぐる巻きにした目の縁が青い隈取りの男が言った。

「そうだよ。前、大川端で殺った町人みたいにはいかねえぜ」

頬を張られて泣いた男が続けた。

意気ごんだ先の二人は、たちまち消沈した。

蛾《が》が破れ障子の穴から飛びこんできて、天井でぱさぱさと羽音をたてた。

「どうやるかは、わたしが考える。みんなはわたしの指図に従っていればいい」

「紅さん、これから、どうするの？」

「これから？　みんな、大川端の仁平とやら以来、だいぶ日が経っているから、そろそろまた生きた胴を斬ってみたいと思わないか」

紅之心の目が冷酷に光った。

こういうときの紅之心は、仲間の六人でも恐い。

「これから虫けらを一匹、膾《なます》にする。大川端以来だ。堪らないだろう」

六人はざわついた。

「金吾《きんご》、作次を呼んでこい」

「ええ？　作次」

「紅さん、作次はまずいよ。病人の面倒を見る者がいなくなるよ」

鼻の曲がった男が言った。

道場主の井上亮右衛門は、紅之心たちが入りこんで以来、台所そばの下男部屋に追いやられている。

「あんなものは、ほっとけば勝手にくたばるんだ。いいから呼んでこい」

しばらくして、尻端折りの作次が痩せ細って骨と皮ばかりの膝に手を載せ、紅之心と六人に取り囲まれて座らされた。

床の間に腰を下ろした紅之心が作次に空《うつ》ろな目を投げていた。

蛾が天井の下で飛んでいる。

作次は明らかに怯えていたが、平常心を装った。

「作次」

「なんでい」

「偉そうだな、作次。わたしにそんな口の利き方をしていいのか」

「いいも悪いも、ここの主人は井上先生だ。おら井上先生の下男だが、おめえらも井上先生のただの弟子じゃねえか。おんなじだあ」

「わかってないな、じじい。自分がどういう立場に置かれているか」

「なんでい、たちばたあ。わかんねえこと言いやがって」

「おまえ、昼間、八丁堀にいろいろ訊かれてたろう。何を話した」

「相手はお役人だあ。訊かれりゃあ応えらあ」

六人がくすくす笑った。

「だから何を話したか、今はわたしが訊いているんだ」

「先生の病気のこととか、道場が儲《もう》かってるかどうかとか、そんなことだ。ほかにも訊かれたが、忘れたあ」

「田原町の仁平のことを訊かれたろう」

「仁平なんて赤の他人だ。赤の他人のことを訊かれても応えようがねえ」

「仁平が殺されたことは知ってるだろう」

「昼間、お役人から聞いたでよ」

「誰が殺したか、知ってるか」

「仁平を誰が殺したか、そんなことは知らねえ。知りたくもねえ」

「わたしたちが斬ったんだ。大川端で。今年の春の大火事があった日だ。知らないのか」

「なんで仁平を斬った」

「斬りたかったからさ。虫けらが血を流してくたばるのを見たかったからさ。ほかに人を斬る理由なんて、あるか？」

「ひでえことを……」

作次を取り囲んだ六人が、そわそわし始めた。

「作次、おまえ、誰のお陰で飯が食えてると思う」

「おめえらが稼いでくる銭でだ」

「わたしたちの稼ぎで食ってるんだろう。ありがたいと思わないか？」

「冗談じゃねえ。おめえらも、先生の蓄えで散々飲み食いしただろう」

「じじいが減らず口を叩きおって」

「減らず口はおめえだ。文句があるなら出ていってやらあ。おめえらが先生の世話をして差し上げろ」

そう言って作次は、よいこらしょと立ち上がった。

足腰は弱ったが気は確かだ。ここらが潮どきだ、と紅之心に背を向けた。

紅之心は無言だった。

作次の老いて小さく丸まった背を立ち上がりざま、抜き放った紅之心の白刃が弧を描いて右肩から斜め左に斬り下げた。

「ああっ、何しやがる、この餓鬼やあ……」

作次は仰《の》け反り、二歩、三歩とよろめいた。

粗末なしごき帯と尻端折りの単衣がぱらりと割れ、肉の薄い背中に鮮血がすうっと走った。
紅之心がまたひと太刀、背後から浴びせ、作次はうめいた。
それを機に六人が抜刀し、喚きながら作次に次々と襲いかかった。
作次の身体が空《くう》を泳いだ。
血飛沫《ちしぶき》が飛んだ。
悲痛なうめき声を漏らし、積んだ小石がもろくもくずれるように倒れた。
断末魔の作次の頭に、蛾が戯《たわむ》れるように舞い降りて止まった。

十二

空は晴れ渡り、穏やかな川面は日盛りの光をまぶしくはねかえしている。
川向こうは向島《むこうじま》。
川舟が一艘《いっそう》浮かび、川漁師の投網《とあみ》する光景が見える。
川面を流れる微風《そよかぜ》は秋の匂いを運んでいた。
よしきりが岸辺で、ぎょぎょし、ぎょぎょし……と姦《かしま》しく鳴いている。
堤の前方から、自分の身体より大きな笹竹《ささだけ》を担いだ幼い子供らが、楽しげに騒ぎながらやってくる。子供らは七蔵を見上げ、「あっ、八丁堀だ」「はっちょうぼりだ……」と口々に囃《はや》したてて走りすぎていく。

「そうか、明日は七夕《たなばた》だったな。子供のころを思い出すぜ」

大川堤を長閑《のどか》に歩みながら、七蔵は呟いた。

七蔵と樫太郎は、仁平の親方である今戸町の伊八を訪ねた帰りだった。

「旦那、ここから田町の音三郎さんとこは、ほんの目と鼻の先ですね。音三郎さん、あれ以来どうなさってましょうねえ」

樫太郎が言うと、七蔵は明るい日差しの下で笑った。

鏡音三郎が離れを間借りしている田町の居附《いつき》地主・作右衛門とふね夫婦の住まいは、二丁目の本通りからひと曲がりした横丁の、さらにひと曲がりした小路の、柴垣《しばがき》を廻《めぐ》らした小ぢんまりとした二階家だった。

三軒ずつ向かい合って並ぶ奥のひとつで、作右衛門ふね夫婦は孫娘の綾《あや》ともう二十年近く、この家で暮らしている。

小路に面した板葺門《いたぶきもん》からすぐ脇にそれて柴垣伝いの母屋《おもや》の板庇《いたびさし》の下を抜けた小広い裏庭に、音三郎の江戸暮らしの離れはある。

離れは、竈のある台所の土間と三畳の板敷、奥に六畳の座敷という造りで、小さな床の間と押入れがついている。

いずれ綾に婿を取れば、孫娘夫婦に母屋を譲り、老夫婦が引き移って別所帯で暮らせるようにと建てたものだった。

だから、九尺二間の裏店の、五百文、六百文とはいかないが、ほんのちょっぴり乗せた店賃で、音三郎にもなんとかなった。

音三郎が田町を選んだのには理由があった。

この町が日本堤沿いの南側に開けており、吉原《よしわら》へ通う遊客目当ての、今は廃《すた》れて名前だけが残っている編笠茶屋が軒を連ね、吉原遊女のゑ《え》ちらしの折手本《おりでほん》問屋などでも賑わっているからだ。

江戸に潜伏していると思われる兄の敵・浅茅玄羽が吉原に足を運ぶことは十分考えられるし、そうなれば、この町のどこかで玄羽と出会わぬとも限らぬ。

雲をつかむような頼りない手がかりでも、音三郎はそれに一縷《いちる》の望みを託すしか、今はなかった。

音三郎は、根付細工の棗の木片に墨取りを施しながら、座敷の濡縁から柴垣の先を見晴るかした。

色づくにはまだ早い一面の田圃に昼の日差しが落ちている。

それに、離れから南方に広がる青い稲穂の稔《みの》る浅草田圃と、彼方《かなた》に見渡せる浅草寺や寺院の境内の木々や甍《いらか》を並べる幾つもの堂宇《どうう》、北西の方角には吉原の町も望める風景を、音三郎は内心、気に入っていた。

田圃の畦道《あぜみち》を竹笹を担いでいきすぎる子供たちの小さな姿が見えた。

明日は七夕か。国の七夕祭りの光景が目に浮かんだ。

そのとき、綾が台所の土間に入ってきた。

物思いに耽《ふけ》り、時間がたつのを忘れていた。

綾の薄い若桐《わかぎり》色に夏菊を細かく染めた江戸小紋の単衣が匂いたつようだ。

数日前、新堀川で白羽織の集団に因縁をつけられ左腕を負傷してから、音三郎は左腕を晒《さら》しで吊っている。

そのため、綾が音三郎の身の回りの世話をしていた。

狭い離れに音三郎と綾の二人だけである。

「どうですか？　傷の具合は」

きりりとした黒めがちな目から、笑みがこぼれる。

「そろそろ腕を外して、いいかもしれません」

音三郎は不自由な手で墨取りを続けた。

十八歳の綾は音三郎の昼の用意にかかる。母屋のおじいちゃんに、

「こっちはいいから、鏡さんのご飯の用意にそろそろかかってあげなさい」

と言われ、音三郎のためにこうして立ち働くことに胸が弾んだ。

あるときは、とてもはしゃいだ気分になったかと思うと、とき折り、きゅっと胸が締めつけられることがある。なにか、不思議な気持ちだった。

音三郎は永生藩という越後《えちご》の国のお侍さまである。祖父は、

「なにやら事情があって、出府なさったようだ」

と言っていた。

綾にはわからない事情を音三郎は抱えているらしい。

どんな事情なのだろう。

綾が考えてもしょうがないことだけれど、ただちょっと不思議なこの巡り合わせが、綾は嬉しくもあり、なぜか気恥ずかしくもあった。

「ごめんよ。鏡音三郎さんは、ご在宅かね」

黒羽織の大柄な侍が、いかつい顔を戸口からのぞかせ、綾に声をかけた。

「はい、あの……」

綾は手を止め襷《たすき》を外し頭を下げた。

侍が町方の役人であることは誰にでもわかる。綾が声をかける前に、音三郎が早くも出てきて、

「萬さんではありませんか。先だってはありがとうございました」

と、声を弾ませ板敷に膝をついた。

「近所まできたから、ちょいと寄ったんだ。傷の具合はどうかと思ってね」

「わざわざ恐縮です。だいぶ良くなりました。そろそろ晒しも取れそうです」

「無理はいけねえ。大事な身体だ。こちらのお美しい方はご新造《しんぞ》さんで？」

言われて綾は、ぽっ、と顔を赤らめた。

「旦那、こちらは地主さんのお孫さんで、綾さんです」

樫太郎が七蔵の後ろからひょいと顔を出した。

手には、数年前、日本橋の紅谷《べにたに》という菓子処が売り出し高級甘味として人気の羊羹《ようかん》を風呂敷に包んで提げている。

「樫太郎さん」

綾は顔をほころばせた。

「こんにちは、綾さん。こんにちは、音三郎さん。綾さん、先だって話したあっ

しがお世話になってる旦那です」

「まあ、音三郎さんのあやういところを救ってくだすったお役人さま。音三郎さんからお話をうかがって、わたし、どきどきしました。お礼を申し上げます」

「なに、礼を言われるほどのことはありゃしねえ。こちらこそご無礼を……」

「まあとにかく、上がってください」

音三郎が言いかけたのを、七蔵が大柄な身体を素早く運び、「お、いけねえいけねえ」と七輪で湯気を噴いている土鍋の蓋《ふた》を少しずらした。

「八杯豆腐だね。いい匂いだ。紫《むらさき》海苔《のり》をまぶして食うのが美味《うめ》えんだ」

このごろ、ぱりぱりの浅草海苔が売り出されて人気になっている。

「あの、沢山作ってますので、よろしかったらお昼、ご一緒にいかがですか」

「そいつあ嬉しいが、よろしいんですかい」

「みんなでいただいたら楽しくっていいわ。ねえ、音三郎さん」

「ぜひそうしてください。ただ、わたしはこの様《ざま》で、綾さんに手伝ってもらわないといけませんので、無様なところをお見せするかもしれませんが」

「じゃあここは、お言葉に甘えることにするかい。なあ、樫太郎」

「へい。お言葉に甘えやしょう」

それから半刻ばかり、昼餉《ひるげ》のあとは見舞いの羊羹を楽しみつつ、三人の若者とそれを見守る七蔵との屈託を忘れるときがすぎた。

それから七蔵と樫太郎は、綾の祖父母である母屋の作右衛門とふね夫婦へ挨拶《あいさつ》に別に用意していた羊羹を渡し、音三郎、綾、作右衛門ふね夫婦の四人に見送られ板葺門を出た。

その様子を、数十間離れた小路の曲がり口の板塀にさりげなく身を隠し、じっとうかがっている者がいた。

二本差してはいても若衆髷、地味な小袖に袴姿は、使いにいく途中の武家の若党にも見えなくはない。

男は、七蔵と樫太郎が小路を向かってくると踵《きびす》をかえし、屋根や物干台に色鮮やかな七夕飾りの笹竹を掲げた横丁から本通りの中に姿を紛れこませた。

十三

その日の昼、江戸の町は雨になった。

七蔵と樫太郎は新寺町の通りを小走りに西に急いでいた。

尻端折りで駆け、紺の足袋が汚れたが、かまっていられない。

井上道場の冠木門の前には人だかりができていた。

「ちょいとごめんよ。どいた、どいた」

七蔵と樫太郎は、人垣を分け、冠木門をくぐった。

門のすぐ中に手先がいて、野次馬が屋敷内に入らないように見張っていた。

「北町奉行所の萬七蔵ってもんだが、この掛はどなただね」

「へい。あっしは南の御番所の定町廻り、多田総司《ただそうじ》の旦那に従いておりやす」

「そうかい。多田さんとは顔見知りだ。ちょいとこの家の者にかかわりのあるもんで、通してもらえねえか」

「旦那のお知り合いなら、よろしゅうございやす」

七蔵と樫太郎は、荒れ果てた前庭から井戸のある中庭に廻った。

勝手口に御用箱を持った南町奉行所の中間がいて、薄暗い土間の奥の様子をうかがっていた。

中間に断わって土間に入ると、死臭が鼻を突いた。

台所の土間に、南町奉行所定町廻り方の多田と小者の姿が見えた。多田は、七蔵よりひとつ年上の気さくな男だった。

多田と小者は土間に屈《かが》んで、足元に蹲《うずくま》っている白っぽい塊をのぞきこんでいた。

「おう。萬さんじゃねえか。どうしたい」

多田が羽織の袖で鼻から下を覆って顔を上げた。

「多田さん、すまねえ。わけありでね。この家に顔見知りがいるんだ」

「そういうことかい。なら、この仏が誰だかわかるかい」

七蔵は勝手口からの光を遮らないように、死体の側に屈んだ。

作次ではなかった。

小さく縮んだ塊が、膝を曲げ両手を投げ出して横たわっていた。

皺《しわ》だらけの顔は土色に縮み、濃い紫赤色の斑点《はんてん》が浮いていた。

樫太郎が矢立《やたて》と帳面を出して七蔵の背後に廻る。

「たぶん、ここの主の井上亮右衛門だと思う。おれが知ってるのは下男の作次って年寄りなんだが、いねえかい」

「ほかには誰も見あたらねえ。追っつけ町役人がきたらわかるだろう」

「死因は?」

「身体に傷のようなものはねえ。おれの見るところ衰弱死だ。土間の向こうに三畳間があって、そこでこの年寄りは寝かされてたようだ」

「寝たきりだったんだ。下男の作次が世話してた」

「なるほど。どんな事情かわからねえが、その作次がいなくなって、病人は喉が渇いてここまで這ってきた。けど、ここで力つきて、お陀仏《だぶつ》ってとこか」

二つ並んだ竈の隣に水瓶がある。

「この臭いだと、仏になって丸一日以上は経ってるだろう。憐《あわ》れだねえ」

「最初に見つけたのは誰だい」

「臭いだ。町内の見廻りで番屋にきたとき、井上道場から変な臭いがするって町内で騒いでた。それでのぞいたらこのありさまだ。確かにこの鬱陶《うっとう》しさじゃ仏も長くは持たねえ。夕べも蒸したし」

多田は、臭いに辟易《へきえき》するかのように立ち上がり、小者に言った。

「その作次を見つけて事情を確かめる必要があるな。どんな理由で病人をほったらかしにしたのか、ことによっちゃあふん縛ることになるかもしれねえ」

そこへ勝手口から雨を手拭《てぬぐい》で拭いつつ、自身番の年配の当番と自身番雇いの定番が現れた。

「おう。待ってたぞ。仏はこれだ」

「あっ、井上先生。これはまた、なんということだ。ずっと伏せっておられると
うかがってはおりましたが……」

「井上亮右衛門、に間違いねえな」

「はい。間違いございません。いったい、どうしてこんなことに」

「それよ。ひとつ訊きたいんだが……」

多田が言いかけたとき、板敷の廊下の方から手先が小走りにやってきた。

「旦那、奥に血の跡がたっぷり残ってやすぜ。ちょいと見てくだせえ」

「よしきた」

多田がかえして板敷に上がる。

「多田さん、すまねえ。俺も見ていいかい」

多田は一瞬躊躇《ためら》ったが、

「まあ、いいだろう。今日だけだぜ」

その座敷は、襖や障子が破れ、塵芥《ちりあくた》の散らかった黄ばんだ畳に、黒ずんだ夥《おびただ》しい血が凄惨《せいさん》な痕跡《こんせき》を残していた。

蛾が一匹、固まった黒い血の中で死んでいた。

擦れた血痕《けっこん》が廊下の方に続いている。

「廊下にも血の跡が残ってやす」

「間違いねえ。ここで人を殺して、死体を引き摺った跡だ」

多田のあとに続き、七蔵、樫太郎、多田の小者、町役人、定番も廊下に出た。

廊下の先は小雨に煙る中庭である。

軒から雨の雫《しずく》がしきりに落ちている。

朽ちた板塀ぎわに雑草が繁り、古い梅の木が雨に濡れていた。

「あそこだ」

樫太郎が、突然叫び指差した。

七蔵が多田を促した。

「違いねえ。多田さん」

「ふむ。誰か、俺の雪駄と鍬《くわ》持ってこい」

小者と樫太郎が走る。全員の視線がそこに注がれていた。

梅の木より一間ほど右の生い茂った雑草の一角が抉《えぐ》れ、黒い土を粗雑に被せた明らかな跡が残っている。

七蔵は庭に飛び降り、雨の中を走って黒い土跡のところへいき、手で土を掻《か》き始めた。

土は濡れているが、脆《もろ》く柔らかい。

多田の手先が続いて走り寄り、七蔵と一緒に手で土を掻いた。

「萬さん、鍬だ」

後ろで多田が言った。

七蔵と手先が退くと、代わって小者が鍬を働かせた。

みなが固唾《かたず》を吞んで見守った。

勝手口にいた中間も御用箱を担いで駆けつけた。

「旦那、雪駄を」

樫太郎が気遣って足元に雪駄を置いた。

しかし、雪駄を履《は》く間もなく、どよめきが起こった。

小者が鍬の手を止め、穴の中の土をならすようにした。

穴はさして深くなく、多田がうめいた。

「なんと酷《ひど》いことを」

町役人が声を絞り出した。

「見ねえ、樫太郎」

「へえっ」

強烈な腐乱臭に、多田がまた鼻と口を羽織の袖で覆った。

幾筋もの刀傷を浴び皮膚が抉れ、どす黒い血と泥にまみれた作次の亡骸が土の中から出てきた。

作次は濁った目を見開き、どんよりと雨雲の垂れこめた江戸の空を、悲しげに睨んでいた。

十四

死体を載せた戸板が二つ、井上道場の冠木門から運び出された。

門の前に集まった野次馬が、死体の臭気に鼻を覆い、どよめきながら後退った。

七蔵と樫太郎は、多田が指図して死体を運んでいくのを、掌を合わせている界隈の住人らにまじって見送った。

雨はもうほぼやんでいた。

旦那――と後ろから声がかかり、振りかえると嘉助とお甲が立っていた。

「お甲に、旦那がこちらだと聞きやがして。とんでもねえことでござんすね」

七蔵に井上道場の様子がおかしいと知らせてくれたのはお甲だった。

「まったく、酷いことをしやがる。ちょうどいい。嘉助にもお甲にも、今までの調べのついたところを聞かせてもらいてえ。そこまできてくれ」

「へい、あっしもそのつもりで、旦那を探しておりやした……」

七蔵は、嘉助、お甲、樫太郎を伴い、唯念寺《ゆいねんじ》門前町の出茶屋の客になった。

降ったりやんだりの天気で、門前町の通りをすぎる参詣人《さんけいにん》は少なかった。

四人は、葦簾《よしず》張りの陰の緋毛氈《ひもうせん》を敷いた長腰かけにかけた。

嘉助は早速懐から浅草下谷界隈の絵図を出し、七蔵の前の緋毛氈の上に広げた。

絵図には印と刻限が書きこんである。

嘉助は、花川戸から山之宿《やまのしゅく》の六軒町《ろっけんちょう》、瓦町《かわらまち》、また、材木町《ざいもくちょう》、東仲町をすぎて、田原町、いくつかの門前町、新堀川から西の阿部川町など、三月四日の夜の火事騒ぎの中、紅組が出没した刻限と場所の訊きこみに廻った。

船宿の船頭、料理茶屋、棒手振《ぼてふ》り、界隈の煮売屋、縄暖簾、岡場所の女郎などに片っ端からあたり、それを絵図に記していった。

「どれも三月四日の夜、紅組が見かけられた場所と刻限でやす。やつら、六ツ半すぎに雷門《かみなりもん》前を大川の方へ闊歩していて、次に浅草寺裏手の修善院《しゅうぜんいん》の寺男が、暗い百姓地に消えていく白羽織の集団を五ツ半ごろ見ていやす。この六ツ半から五ツ半の一刻弱の間、紅組を見た者は見つかっておりやせん。次に見られた場所が四ツ近くに……」

と嘉助の説明で、作次の言った四ツ半ごろに下谷稲荷の井上道場に戻るまでの紅組がとった当夜の道順が一目瞭然《りょうぜん》だった。

「おそらくやつらは、大川端から山之宿町を抜けて、目だたねえように浅草寺裏手の百姓地をぐるっと遠廻りして、下谷に戻ったのに違いありやせん」

「こうやって見るとよくわかる。仁平が殺された刻限は今戸町の伊八の家を出た刻限から推測して六ツ半以降、五ツ半の間になるはずだ。紅組の動きと、ほぼぴったり重なる。よかろう。お甲、おまえの方は新しいことはあるかい」

お甲は、駿河町の轟家の屋敷に出入りしている商家の手代、家臣がよく利用する煮売屋の主人、下働きの下男下女を斡旋《あっせん》している口入屋などから、轟家周辺の訊きこみをしていた。

それによれば、轟家の家督は紅之心の実兄・泰一郎《やすいちろう》がすでに継いでおり、泰一郎は、先年、若年寄・宮坂上総守元義《みやさかかずさのかみもとよし》の息女と婚姻《こんいん》を結んだことで、いずれ無役の交替寄合から石高に相応しいお役目に就くことが約束されていた。

「前当主の轟正影《まさかげ》は、去年、家督を泰一郎に譲って邸内離れの隠居住まいを始め、紅之心も一緒に住まわせていました。正影は紅之心に殊のほか甘く放任状態で、紅之心も頭の上がらない兄の監視を逃れ、やりたい放題に放蕩《ほうとう》が高じ、本所の不良たちをかたらって紅組ができたと思われます」

「みな旗本と御家人の部屋住みらか」

「泰一郎は弟の放蕩三昧《ざんまい》がわかっているのかいないのか、とにかく己の新しい役目のことしか頭にない男らしいです。使用人の間では、お目付さまは轟家への遠慮があって今は紅之心を咎《とが》めだてしないけれど、このままではお家にまずいことになるのではないかと心配する向きもあるそうです」

「人まで殺したんじゃあ、もう心配どころの話じゃねえ」

嘉助は息巻き、帳面に二人の話を書き留めながら、樫太郎も頷いた。

「旦那、こうなったら紅組を御番所で引っ括って締め上げ、泥を吐かせるしかありやせんぜ」

「そうしたいが、町方にはそれができねえ」

「と言って、お目付さまに任せてどれほどの処置ができますかね」

お甲が冷めた口調で言った。

十五

その夜、七蔵は小店《こだな》の番頭のような河内縞《かわちじま》に小倉《こくら》帯の形《なり》に姿を変えていた。

隠密廻りに変装は珍しくはない。

商家の手代や番頭姿、下男、棒手振り、香具師《やし》、乞食《こじき》姿に窶《やつ》したこともある。

今夜は武器は携行していないし、ひとりである。

蔵前天王町《くらまえてんのうちょう》の札差《ふださし》・能登屋庄兵衛《のとやしょうべえ》の使いの案内で、諏訪町《すわちょう》大川端の料理茶屋・隅田《すみだ》屋二階の部屋に通されていた。

行灯が二つ、八畳の座敷を薄く照らしている。

日が落ちた暮れ六ツの川景色は、次第に闇に紛れつつある。

金屛風《きんびょうぶ》の前の畳に、脇息《きょうそく》が置かれている。

七蔵は金屛風に向かって下座に控えていた。

四半刻ほど待たされ、やがて、山岡頭巾《やまおかずきん》を被り青い紋付に琥珀織《こはくお》りの袴の侍が、
黒羽織黒袴の若い供の侍とともに、仲居の案内で現れた。

山岡頭巾の侍はなにも言わず、金屛風を背に端座し供侍が傍らに侍《はべ》った。

七蔵は二人が現れたときから、頭を落としている。
「庄兵衛から聞いた。七蔵だな。轟泰一郎だ。手を上げよ」
声が若い。旗本・轟家九千石の若き当主であり、紅之心の実兄である。
今年二十六歳と聞いている。
むろん、頭巾も取らない。
白柄の大刀は仲居が金屏風そばの刀架《とうか》にかけた。
「わざわざのお運び、畏《おそ》れ入ります。七蔵でございます」
「おぬし、町家の風体だが、武士か」
問い詰める口調に刺《とげ》があった。
「なにとぞ、手前の身分のご詮索《せんさく》は、ご無用に願います。轟さまにとりましても
その方がよろしかろうと愚考いたしました」
「無礼なやつだ。己の身分は明かさず、しかも町人の口利きで、このような場所
に呼び出しおって。話の内容によっては、ただではすまぬ場合があるぞ」
「無礼の段は、平《ひら》にご容赦願います。手前のような者がご大家のご当主さまにお
目どおり願いましても、とうてい叶《かな》いませず、しかしながら轟さまにどうしても
お聞きいただきたいことがございまして、能登屋さんにお頼みした次第でござい

ます」

「そのような、こそこそしているところが、いかがわしい」

気短な気質《たち》がうかがえる。

傍らの供侍が七蔵を睨みつけている。

「聞こう。ただし、手短にな。埒《らち》もない話をぐだぐだと聞く気はないぞ」

能登屋は轟家九千石の蔵米を取り仕切っている札差である。

取り仕切っているだけではない。

大身ではあっても家政の実情は厳しい。大身の体面を維持するため、轟家はここ何年にもわたって能登屋より借財を受けていた。

その能登屋だが、二年前の春、今は稼業に精を出している跡取りが、上野山下《やました》の岡場所の女郎に入れ揚げ、女の別の客に嫉妬《しっと》し、刃傷《にんじょう》事件を起こしたことがあった。

事件そのものは、能登屋が金にあかせて表沙汰にせずにすんだはずが、上野の地廻りの麻吉《あさきち》という男がその話を聞きつけ能登屋を強請りにかかった。

それを隠密廻りを拝命したばかりの七蔵が、上野の顔利きに話を通し、始末をつけてやった。

能登屋に貸しを作り、札差から得られる噂や評判を訊き出すつもりだった。

それが、今夜、役にたった。

「手短に申し上げます。ご舎弟《しゃてい》・紅之心さまのことでございます」

泰一郎は意外なことを聞いたみたいな素ぶりを見せた。

「紅之心が、どうした」

「紅と書いて、くれないと読む、紅組のことはご存じでございましょうか」

「知らん」

「紅組というのは下谷浅草の町家を荒らし回ってるとんでもない破落戸集団で、じつは、紅之心さまがその紅組の頭《かしら》なのでございます」

泰一郎は応えず、露骨に眉を顰めた。

「ご不審はごもっともですが、お聞き願います」

七蔵は、およそ半年前から紅之心を頭にした紅組が、奇怪な風体で下谷浅草界隈の町家で乱暴狼藉を働き、今もそれが続いている現状を諄々《じゅんじゅん》と説《と》いた。

さらに、田原町の畳職人、仁平が殺害された事件のあらましと、今日の昼間、井上道場であったことを続いて語った。

「紅組が殺《あや》めた相手は、貧しいながら真っ当に稼業に励《はげ》む庶民でございます。そのような庶民をなんのわけがあって殺めたのか。しかしわけなどはなく、ただ、人を殺してみたかったから殺した、というだけでございます」

「おぬし、町奉行の者か」

泰一郎は七蔵の言葉を遮り、短く言った。

「だから、そのような形か」

「罪を犯した者がそれ相応の償いをするのは当然のこと。そうでなければ、殺められた者の恨みは晴れません」

「庶民が武家に、恨みを晴らしたいのか」

「それが、ご政道でございましょう」

「だから？」

「ご当主・泰一郎さまのご意志で、相応の償いを果たしていただきたいのでございます」

座敷に沈黙が流れた。

「紅之心さまの犯した罪が公になれば、御公儀直参旗本家のご体面にかかわりましょう。ご当家の体面を汚さぬように、紅組と紅組の頭である紅之心さまの始末を、つけていただきたいのでございます」

表通りを座頭の吹く呼び笛がか細く流れた。

重たい沈黙のあと、泰一郎が気だるげに言った。

「七蔵、奉行に報告してお目付さまを通せ。それが筋だ」

「お言葉でございますが、筋が通っても道理が通らないのであれば、殺された者は浮かばれず、ご政道とは申せません」

「道理が通らなければなんとする」

「道理を通させていただきます」

「おぬし、殿を脅す気か」

供侍が声を荒らげて片膝立ち、大刀を持ち替えた。

泰一郎は供侍を手で制し、「もうよい、七蔵。分を弁《わきま》えよ」と言った。

「おぬしの存念がどのようなものかは関心ないが、わたしから言っておく。わが弟、紅之心になにかあれば、ただではおかん。紅之心に仇《あだ》をなした者にはその報いを受けさせる。轟家の面目にかけてだ。七蔵、覚えておけ」

泰一郎は下らぬ話にこれ以上つき合ってはおれぬと言わんばかりに立ち上がり、座敷を後にした。

「馬鹿な男だ」

供侍が泰一郎を追いながら、低い声を廊下に響かせた。

十六

同じ夜、諏訪町から南に下って両国橋を見上げる大川の水面である。

大川の夕涼みを楽しむ屋根舟や猪牙《ちょき》舟が、昼間の雨がやんだその夜も、そこかしこに遊んでいた。

幾艘もの川舟の間を、食い物を売る「うろうろ舟」の赤い行灯看板が、うろうろと縫い、また、花火舟が、「ええ、花火はいかが、ええ、打ち上げはいかが、お望み次第……」と呼んで廻りつつ、いき交っている。

そんな屋根舟の中の一艘に、轟紅之心と紅組の六人が客になっていた。

傷は癒えて晒しはもうしておらず、若衆髷と白羽織の背に染めた臙脂の紅の文字、奇態な白粉と紅の化粧が、屋根に吊るした提灯の明かりを浴びてけばけばしく、夜の川面に異様な賑々しさを撒き散らしていた。

紅組は酒を飲み、食い散らし、騒ぎ廻り、同じ夕涼みの舟が近づくと、奇声を発し、からかい、威嚇し、罵倒《ばとう》し、食い物を投げたりと、傍若無人の限りを尽くしていた。

見かねた舳《みよし》の屋根舟の船頭が口を入れた。

「お客さん、いい加減にしてくだせえよ。ほかの舟が迷惑してらあ」

六人は逆に凄んで、聞く耳を持たない。

しかし、紅之心はひとり、簾《すだれ》を巻き上げた船縁《ふなべり》に寄りかかり、大川に手を浸し緩やかな流れと戯れていた。

そしてひと口酒を含んでは、昨年の春、向島で買った歌比丘尼《うたびくに》の口上をうっとり口ずさんでいた。

梅は匂いよ桜花《さくらばな》　人はみめよりただ心
さして肴《さかな》はなけれども　ひとつあがれよこの酒を

寛保《かんぽう》のころ幕府の厳しい検挙により姿を消していた歌比丘尼が、文化の世の享楽《きょうらく》の果てに向島に現れ、物見遊山《ゆさん》の行楽客をこっそり客にしている噂が、物珍しさと変質趣味が手伝って、一部の好事家《こうずか》の間で密かにささやかれていた。

十七歳の紅之心が初めて遊んだ売女が、まだ噂になる前のこの歌比丘尼だった。

頭は丸坊主。色無地の着物、黒桟留《くろさんとめ》の頭巾に菅笠を被り、元禄《げんろく》のころそのままに編木《びんざさら》をかきならし歌う姿に、紅之心は魅《み》せられた。

あれからもう、一年がすぎた。

紅之心は無邪気に騒いでいる六人に声をかけた。

「いよいよ、あの夜叉萬に目に物見せてやるときがきた」

夜叉萬と聞いて、六人は急におとなしくなった。

「紅さん、目に物見せるって、どうやるの」

「手は打ってある。金吾、話してやれ」

紅之心が言ったとき、一艘の猪牙舟が屋根舟に音もなく近づいた。

その猪牙舟から月代《さかやき》を伸ばした浪人風体の二人の侍が、舳の船頭に声もかけず乗り移ってきた。

屋根舟の障子をいきなり開けた二人の侍は、振り向いた船内の七人を見て、二人揃って、ぶふぁふぁ、と吹き出した。

「こ、これはまた、怪態《けたい》な」

「山脇《やまわき》さん、中根《なかね》さん、こちらへ」

紅之心が手招いた。

二人はひとりひとりの顔をのぞきこんでは吹き出しつつ、紅之心の前へきて端座した。

畳に置いた黒鞘の太刀が、重たげな音をたてた。

山脇左京《さきょう》、三十五歳。中根郷史郎《ごうしろう》、三十三歳。

元井上道場戸田流の剣客である。

殊に山脇は、井上亮右衛門が健在のころ、次の師範代と目されていた。

だが日ごろの素行の悪さが元で中根とともに破門され、以来、無頼の日々に沈《ちん》淪《りん》していた。

紅之心は、本郷の賭場で用心棒に雇われていた二人を、助っ人《すけと》に雇った。

二人は酒を注いだ猪口《ちょこ》を口に運びながらも、なおも堪えきれず笑っている。

中根が周囲を見廻して言った。

「轟さん、これで、本気でやるつもりなのか」

「本気だろうと狂言だろうと、どっちでもいいじゃありませんか。萬七蔵を斬ってさえくれれば、お金を払うんですから」

「斬る前にだろう」

「手付金としてね。目的を達したら、当分遊んで暮らせるお金は用意してありますので、ご心配なく」

「身も隠さねばならん」

「熱《ほとぼ》りが冷めるまではね。紅組もしばらく活動休止です」

「ふうん、あんたら、紅組というのか」

「だが、萬七蔵を斬るのは容易じゃないぞ」

山脇が、真顔で言った。

「深川旅所の岡場所で女衒《ぜげん》をやってる八幡《はちまん》の勘七《かんしち》という顔利きから聞いたんだが、あいつらの間で萬七蔵は夜叉萬と呼ばれてるそうだ。ただの隠密廻りではなくて、どうやら裏があるらしい。町方のくせに定書《さだめがき》なんぞ、天から気に留めておらん。あんな役人はほかに見たことがない。北の御番所の夜叉萬だけは勘弁してくれと、びびっていた」

「そんなやつを始末するのに、街中ではまずい。誘《おび》き出す手だてはあるのか」

「場所も手だても、わたしがお膳《ぜん》だてします。あなた方は、目の前に現れた七蔵をたたっ斬るだけです」

「金はいつ？」

「事がなった後、その場で」

「ま、金の心配はいらんだろう。九千石のご大身の若さまだからのう」

山脇と中根は皮肉な笑みを浮かべた。

十七

翌日、暮れ六ツ半（午後七時）。

からからあん……

縁側で鳴った乾いた音が、気をもみそわそわと落ち着かぬ作右衛門とふね夫婦の身魂《しんこん》を不吉に揺さぶった。

二人は障子を開け、座敷から恐る恐る縁側をのぞいた。

紙に包んだ石礫《いしつぶて》が転がっていた。

石礫を拾った作右衛門は、表の小路に向いた庭を囲う柴垣の上に、男の顔がのぞいていたから驚いた。

初めて見る顔だった。

男は作右衛門とふねに、にやりとして走り去った。

作右衛門は石礫の包紙を解き、包紙に書き記された文面を読んだ。

だが、それを読んだ作右衛門は戸惑い手を震わせた。

文面は鏡音三郎宛だった。

「なんだ、これは」

七ツごろ、夕餉の買い物に出かけた綾が六ツになっても戻ってこなかった。

音三郎が「わたしが探してきます」と飛び出していったそのあとだった。

ほどなく、音三郎が戻ってきて、母屋の台所の土間から呼ばわった。

「鏡さん、これ、これを」

作右衛門が座敷から転《まろ》び出てきて、包紙と石礫を母屋の土間に立った音三郎に差し出した。後ろから手燭《てしょく》を持ってふねが現れ、音三郎の手元を照らす。

包紙の文面に目を通した音三郎の顔色が青ざめ、石礫を握り締めた。

娘ハ預カリ申シ候《そうろう》　無事仁返シテ欲シクハ明朝卯刻《うのこく》　入谷正覚寺《しょうかくじ》裏ノ墓地ノ閻魔堂《えんまどう》仁必ス八丁堀同心萬七蔵トノヲ伴ヒ二人タケテ来ラレタシ　コチラノ指図仁違ヘハ娘ノ命ハナキモノトイタシ候　田舎侍トノ　紅
「もしかしたらこの紅組はあのときの……これはいったいなんのことだ」

なぜ、なにが狙いであの一味は綾をさらったのか。

しかも萬七蔵と二人だけでこいという意味が、音三郎には解《げ》せない。

「鏡さん、どうしよう。どうしたらいいだろう」

「ご心配なく。わたしの命に代えて綾さんは必ず無事に救い出します。これから八丁堀の萬さんのところへいって事情を確かめ、それから二人で入谷の正覚寺へ向かいます。明日、九ツまでに戻らなければ、番所に……」

言いかけて音三郎は口を噤《つぐ》んだ。

「必ず綾さんを守ります。約束します。では」

「待ちなさい、鏡さん。八丁堀なら猪牙舟でいったらいい。山谷堀《さんやぼり》の船宿に知り合いの船頭がいる。わしもいって頼めば、大急ぎでやってくれる。そのほうが早い」

音三郎が船宿・笹屋《ささ》の猪牙舟にふねの用意した提灯を持って乗りこむと、大川を知りつくした初老の船頭は、舟を滑らかに川面の流れに乗せた。

「お侍さん、ちいっと急ぎやすから、しっかりつかまっていておくんなせえ」

船頭が言い、猪牙舟は山谷堀を大川へとたちまち滑り出た。

七蔵の組屋敷のある亀島町まで、四半刻ほどだった。

七蔵の組屋敷の板戸の隙間から、明かりが漏れている。

木戸片開きの戸を通り、暗い前庭の先の表戸を叩いた。

「萬さん。鏡音三郎です。夜分申しわけありません。どうしても今夜お目にかからなければならない事情ができました。音三郎です。萬さん、萬さん……」

声を忍ばせて呼びかけた。

中から戸が、すぐに開いた。薄地の着流しに大刀を左手に構え、右手に手燭をかざした七蔵が、大柄な身体を現した。

「鏡さん。何があった」

尋常ではない音三郎の様子に、七蔵の表情が変わった。

「綾さんが、さ、さらわれました」

十八

卯の刻（午前六時）前、あたりは仄々《ほのぼの》と白み、朝の日差しを待っていた。

湿った大気が白い野面にたちこめ、入谷田圃の畦道を踏み締める七蔵と音三郎の足元で、野草が匂った。

緩やかにくねる畦道の両側に一面の稲穂が深々《しんしん》と広がり、そのまま彼方に溶けていた。

薄い青白色に色を変えた空には、夜明けの気配が清々《すがすが》しげに広がっていた。

遠くの空で早や起き出した烏《からす》の声が、儚《はかな》げに掠《かす》めた。

くねりながら続く道の前方に、こんもりとした黒い影が、青白色の空を背に霞《かす》んでいた。

そよとも風はなく、七蔵と音三郎の歩む足音だけが、田圃の中に微《かす》かな人の息吹を伝えていた。

七蔵は黒無地の袷《あわせ》の着流しに二本を落とし差し。羽織も羽織らず、御用の十手も持っていない。

後ろに従う音三郎は、袴の股だちを高く取り、関ノ兼氏の大小、革の襷がけに革の鉢巻を締めていた。

敵を追う身の音三郎は、襷と鉢巻は出かけるときは必ず携行している。

両人とも裸足にならないようにと、七蔵が用意した草鞋履きだった。

昨夜、音三郎は七蔵が田原町の畳職人、仁平殺害の嫌疑のかかった紅組探索の任務を受け、紅組を追ってきた経緯を聞かされた。

「このことは、音三郎さんの腹ん中に仕舞っておいてくれ。やつらの狙いは俺だ。道場で痛めつけられた恨みを晴らすためと、仁平殺しを探る邪魔な役人を消すつもりなんだ。やつら、おれをつけていやがった。おれがやつらを見縊《みくび》って暢気《のんき》に訪ねていったもんだから、綾さんにも鏡さんにもとんだとばっちりをかけちまった」

七蔵はそう言うと、巻紙に書状を認《したた》め、結封にして下女のお梅《うめ》を呼んだ。

「北島町《きたじまちよう》の源左《げんざ》のとこで町飛脚を一本頼んでくれ。届け先は外神田花房町のお甲のところだ。本人が承知したかどうか、それだけを聞いてきてくれればいいってな。これは手間賃だ。いつもの倍包んである」

それから入谷浅草周辺の絵図を広げ、入谷正覚寺の道順を調べ始めた。

七蔵は、緩やかでも歩みを止めず、昨夜絵図で音三郎とともに調べた正覚寺への道を辿《たど》っている。

「音三郎さん。人を斬ったことは、あるのかね」

七蔵が歩みつつ、肩越しに言った。

「いいえ。真剣で闘ったのも、この前の、紅組に絡まれたときが初めてです」

「上等だ。闘いが始まったら、無我夢中になって己を忘れる。己を忘れたときこそ本当の己が試される。音三郎さん、あんたなら大丈夫さ。綾さんを助け出す一念で、やつらを斬って斬って斬りまくれ」

七蔵は足を止めた。

五十間ほどの先に黒く繁った竹藪《たけやぶ》が、青白い空に影を描いている。

七蔵が畦道の端で、稲穂の陰に身を隠すように屈み、音三郎も従った。

そのとき、

「旦那」

と、低い声がして、音三郎の肝を冷やした。

畦道のすぐ脇の稲穂の間から黒い人影が音もなく現れた。

黒の着物を尻端折りに、黒の股引、黒足袋に草履、黒の頭巾で頬被りをして顔を隠しているが、紛れもなく女だった。この女がお甲か。

「聞かせてくれ」

七蔵は、女が前から一緒にいたかのように短く言った。

「道の先に竹藪が見えますね。竹藪を抜けたところが正覚寺中堂の裏手です。そこに土塀に仕切られた広い墓地があり、その墓地の北端に閻魔堂があって、墓地を睨んでる格好です。綾さんは、そこに閉じこめられています」

女は、そう言って音三郎に顔を向けた。

表情は見分けられないが、赤い唇が薄闇の中に浮いていた。

「墓地も正覚寺の敷地内ですが、竹藪のある田圃側に塀の囲いはありません。ただ、竹藪は畦より二、三尺高い土手にあって、土手と畦道の間に狭い水路が掘ってあります。水路も土手も、ひとっ跳びに駆け上がるのは難しくありませんが、下草が繁ってますからしっかりと足元を見定めてください」

「人数は？」

「墓地の閻魔堂の前に三人。竹藪に六人」

「九人か。二人増えたな」

「浪人ふうの男が二人。おそらく助っ人かと。それから、竹藪の六人は弓を二張りと十文字槍《やり》を用意してます」

「ざわざわとうろついてやがるのが、よくわかるぜ」

音三郎には静まりかえった竹藪しか見えなかった。

「音三郎さん。竹藪に突っこんだら、目の前に現れた敵だけを斬り払え。倒れたやつに止めを刺す必要はねえ。構わず一気に閻魔堂まで突っ走れ。綾さんを助け出したら、すぐに家に連れて帰るんだ。後はおれひとりで片をつける」

「ひとりで？」

「心配にはおよばねえ。音三郎さんは綾さんの身だけを考えてろ」

そのとき、遥か後方彼方の浅草寺境内の時の鐘が、ぼん、ぼん、ぼん、と捨て鐘を三度打ち、それから夜明けの森羅万象《しんらばんしょう》に何事かを語りかけるように、明け六ツの鐘の音を野面一帯に響き渡らせた。

「お甲。ご苦労だった」

「旦那、ご無事で」

「うむ。音三郎さん、いくぜ」

はいっ——音三郎は、脱兎《だっと》の勢いで駆け出した大柄な七蔵の背中を追った。

七蔵は駆けた。駆けながらすらりと剣を抜き、全身を包む風を斬り払った。

己の全身の躍動が、堪らなく小気味よい。

ぴたりと従いてくる若い音三郎の息遣いが頼もしい。

刹那《せつな》、頭上にひとつ、耳元にひとつ、無気味な圧搾音《あっさくおん》が風を切り裂いた。

矢だ。

竹林の間で慌てて弓に二の矢を番《つが》えている紅組の白羽織を二つ認めた。

「弓だ。離れろっ」

後ろの音三郎に叫んだ。

音三郎が畦道の反対側へ軌道を移す。

竹藪まで半分以上の距離を、たちまちすぎた。

三本目の矢は下を狙いすぎ、七蔵の足元の地面を、かつん、と嚙んだ。

ほぼ同時に真っ直ぐ胸元目がけて放たれた次の矢を、七蔵は畦道と土手の間を流れる幅三尺ほどの水路を飛び越えながら、刀で鮮やかに払った。

息もつかせず、土手を駆け上がった。

弓を持った白羽織に真っ直ぐ迫る。

わああ……

竹藪の奥でどよめきがあがる。

二間にも足りない距離で、怯えて目を見開いた化粧顔が、弓矢が手につかず、あたふたと刀を抜こうとしている。

変形した男の鼻に見覚えがある。

「手遅れだ」

七蔵は浅草寺の鐘の音とともに、歪んだ鼻の男に一刀を浴びせた。
青竹と繁籐《しげどう》の弓と男の左肩から胴を、骨をも砕く深さで斬り裂いた。
男が絶叫した。血飛沫を上げ倒れかかる真後ろで、でっぷりとした男が、
「あわあわあわ……」
と喚きながら逃げた。
男は、竹に身体をぶつけ、鞘が引っかかり、前に進めない。
それでも少しでも七蔵から逃れようとあがき、背中の紅の文字を見せた。
七蔵は息を詰め、背中の紅の文字と分厚い肉塊を袈裟懸《けさが》けに両断した。
男の喚き声とあがきが止まった。
身を捩《よじ》って竹にしな垂れかかり、か細い喘ぎ声をあげた。
かえす刀で、脇腹を狙って突きこんできた十文字槍を掬《すく》い上げる。
十文字槍は七蔵の刀と竹の間に嚙み合わさり、引き戻せなくなった。
「離せえっ」
叫んだのは目の縁を青く隈取った小柄な男だった。
七蔵は槍を払い上げ、上段から真下に槍の柄を、かちいん、と切り落とした。
竹にしな垂れかかっていた太った男の身体が、すべり落ちていく。

「助けてえっ」

槍の柄を捨てた青い隈取りが叫んだ途端、その胴に、刀を深々と突き入れた。

悲痛なうめき声があがる。

刀を引き抜くと、尻を落とし横に倒れた男の腹から溢《あふ》れる血が音をたてた。

そのときまたしても、圧搾音が七蔵の額を掠め、矢が竹林の間をからからと飛び跳ねた。

振り向くと、弓矢を落とした男が、「あたたた……」と顔を両手で押さえ、うずくまったところだった。


七蔵より一歩遅れて水路を飛び越え、竹藪に駆け入った音三郎は、最初に目の合った男へひたすら突進した。

相手は七蔵とは違うと見て、猛然と反撃してくる。

竹林の間から、突き、突き、突きで攻めたてる。

音三郎は身を躱《かわ》しつつ太刀を振り下ろすが、虚《むな》しく空を斬るばかりだった。

竹が邪魔になって相手の懐に入れないうえ、間《ま》がつかめなかった。

突きを入れてくる度に喚き散らす相手の口には、前歯がなかった。

落ち着け、突きの小手を断て、と言い聞かせた。

一歩下がって相手の突きを誘った。荒っぽい突きがくる。隙を狙って遮二無二《しゃにむに》踏みこみ、斬り結んだ。

音三郎の剣も荒っぽい。しかし、切っ先が相手の手の甲を掠めた。

途端に相手は手の甲を押さえてたじろいだ。

刀をかえす間もなく、体当たりを食らわした。

肉体と肉体が真正面から激しくぶつかり合い、折り重なって倒れた。

しかし、上になった音三郎の刃が男の首筋に食いこんでいた。

男の声が長い悲鳴になった。

悲鳴のあと、歯のない口から血が溢れ、男は最後の力でしがみついてくる。

血まみれの男の顔を押さえ、撫《な》で斬った。

音三郎は身体を離し、尻餅をついた。

血だらけだった。初めて人を斬った。全身が総毛だった。

だが、必死になって体勢を立て直した。

そのとき、弓を振り絞った男が数間先の竹林の間に見えた。

男の矢は十文字槍を払い上げた七蔵の背中を狙っていた。

わずかな間しかない。

音三郎はなにも考えず、身体が勝手に動いた。

自分でさえ忘れていた懐の石礫を投げていた。

石礫は竹林を抜け、狙い違《たが》わず矢を放つ直前の男の上目蓋《うわまぶた》に命中した。

「あたた……」

男が顔を押さえてその場にうずくまった。

放たれた矢が藪の中に消えていく。

音三郎が血だらけの顔で七蔵を見つめていた。

「助かったぜ」

七蔵は蹲《うずくま》った男の落とした弓をへし折り、血だらけの顔で七蔵を見つめている音三郎に笑顔をかえした。

時の鐘は止んでいて、竹林を抜けた先に墓地が見通せた。

紅組の白羽織がひとつ、その墓地へ逃げていく。

二人は再び駆け始めた。

竹藪を抜けると、目の前に青白い墓地の全景が開けた。

急速に白む上空を、鳥の一群が鳴きながら飛んでいた。

墓地と寺の境内を隔てる土塀の向こうの椎《しい》が鬱蒼《うっそう》と繁る樹間に、正覚寺中堂の甍が聳《そび》え、墓地の北方に小さな閻魔堂の祠《ほこら》が見えた。

「あれだ」

両側に墓石や卒塔婆《そとば》が整然と並んだ通り道に躍り出た七蔵と音三郎は、南北に通る道の北の果てに、楓《かえで》の葉影に守られるように佇む閻魔堂と四つの人影を認めた。

四つのうちの二つは紅組の白羽織、それにひとつは紺の着物に紺袴、今ひとつは納戸色の上に茶の縦縞の袴に黒襷をかけた二人の侍風体だった。

そして綾は閻魔堂の戸口の縁に、後ろ手に緊縛《きんばく》されうな垂れて座っている。

「綾さん」

音三郎が叫んだ。

真っ白な綾の顔が声の方角を探した。

二人の侍は裸足になり、抜刀した。

そろそろと歩んでくる。

後ろに、紅之心が刀をたらし、竹藪から逃げ戻った紅組のひとりはおどおどと刀を翳《かざ》して従った。

白羽織のひと際背の高い紅之心が、七蔵たちを見てくすくす笑い始めた。

「おれのあとに続け。隙を見つけてやつらの囲みを突っ切れ。真っ直ぐ綾さんのところへ走るんだ」

「心得た」

それを合図に七蔵は突進した。

両手を広げ、四人の攻撃を一手に誘った。

山脇と中根はともに八双《はっそう》に身構え、七蔵を目指して走り始める。

「おおおう」

「せええい」

瞬時に間が詰まり、二人がほぼ同時に上段から奇声とともに斬りこんだ。

途端に、七蔵は右方向に急旋回を図った。

うなりをあげて打ち落とされた二人の攻撃を左へ躱す。

七蔵は右手の中根の左へ廻る。

山脇は中根の後ろに身構え、七蔵は中根の左側面をとった。

音三郎がその七蔵の後ろを突進し、閻魔堂へ走る。

しかし山脇も、七蔵の右を押さえにかかった。

中根の正面上段から振り下ろした一撃を払い、七蔵の右側面を押さえて打ちかかる山脇の袈裟懸けを、音高く撥《は》ね上げた。

そのとき、紅之心が七蔵の後ろを走り抜けた音三郎へ襲いかかった。

七蔵は山脇から反転し、紅之心の片肱《かたかいな》を薙いだ。

紅之心は悲鳴をあげ、両膝を落とした。

刹那、中根、続く山脇の撃刃《げきじん》が浴びせられ、七蔵は墓石の間へ後退を余儀なくされた。

「女を殺せえっ、殺せえっ」

紅之心が刀をついて上体を支え、苦痛に顔を歪めて閻魔堂の方に叫んだ。

紅組のひとりが閻魔堂の綾の方に駆け戻った。

突然、閻魔堂の後ろから黒装束に頬被りの人影が走り出て、紅組の男と綾の間に立ちはだかった。

お甲が手に匕首《あいくち》を握り、身構えている。

虚を突かれた男の動きが止まった。

刀を振りかぶった次の瞬間、音三郎は男の背中に必死のひと太刀を浴びせた。

その間も、中根、山脇と続く激しい追撃に、七蔵は後退をしいられた。

墓石の間の小道を守備に廻りながらの後退は遅れ、山脇が側面へ廻って猛然と攻撃を仕掛けてきた。

しかし、それが転機だった。

一転して、七蔵は中根の正面に飛びこみ、打ちこむ。

中根がかろうじて体《たい》を躱し、左から打ちかえす。

七蔵は襲いかかる刃すれすれに身体を畳んで空を斬らせた刹那、身を翻《ひるがえ》して側面から仕掛ける山脇へ一撃を浴びせかけた。

七蔵は、山脇の方が腕が上であることが構えたときにわかっていた。

山脇の攻撃には側面に廻ることによって、ほんのわずかな間ができた。

そのため、七蔵の瞬時の反転と肉薄に即応できず、だらだらっと数歩後退を余儀なくされ、それが、後ろを気遣う余裕を失わせた。

山脇は体勢を立て直す最後の一歩で墓石に背中をしたたかにぶつけ、腰を落としかけた。

その一瞬を逃さず振り下ろしたひと太刀は、山脇の顔面を額から顎の下まで、頭蓋《ずがい》もろとも砕いた。

一瞬遅れて中根の剣が背後から追いかける。

鋭い切っ先が、七蔵の肩の布地を糸を引くように裂く。

紙一重の間だった。

中根の白刃が弧を描いた二挙動目、七蔵は身体を沈めて背後に倒しながら振りかえり、中根の胴を深々と斬り裂いて脇をすり抜けた。

中根の刀は虚しく墓石を打ち、乾いた音をたてて折れた。

刀身がくるくると空を舞い、中根の目が空を舞う折れた刀を追った。

ふわりと身体が泳いだ。

それから山脇の上に折り重なっていった。

二人はうめき声も漏らさなかった。

血が見る見る周囲に広がっていく。

音三郎と綾とお甲、そして紅之心が七蔵を呆然《ぼうぜん》と見つめていた。

七蔵が近づくと、紅之心が七蔵と音三郎らの間で立ちすくんだ。

紅之心はよろめき、長い白羽織の裾が、はらり、はらりと靡《なび》いた。

「わたしは、旗本だ。御公儀直参旗本だぞ」

紅之心の声は震えていた。

「おまえに、わたしは、き、斬れないんだよ。ええ、そうじゃないのか」

刹那、七蔵の一刀が紅之心の首筋を薙いだ。

金切り声が途切れ、あたりが朝の静寂に包まれた。

鳥が遠くでしきりに鳴き叫び、空に差した朝の光が見る見る広がる血の海を鮮やかに照らした。


三日後、交替寄合轟家当主・轟泰一郎より、大目付へ舎弟・轟紅之心の病死の届けが出された。

同日、目付に本所小普請組の五人の御家人より、部屋住みの次男三男の者らの病死が届け出られ、また、同じ小普請組のもうひとりの部屋住みの者が、不慮の怪我で視力を失い、菩提寺《ぼだいじ》妙源寺《みようげんじ》に出家する旨、届け出があった。

十九

盂蘭盆《うらぼん》の夜だった。

鈴虫がすだいている。

七蔵はほろ酔い機嫌で、神田川は柳原堤《やなぎわらづつみ》を筋違《すじかい》御門の方角にとっていた。

南町奉行所の多田を誘い、柳橋の料理茶屋で一杯奢《おご》った帰りだった。

家路と方角は違うが、ほろ酔いの心地よさに、鎌倉河岸の《し乃》に顔を出すか、花房町のお甲を見舞ってみるかと、そぞろ歩きに夜風に吹かれていた。

白い月明かりが川面に揺らいでいる。

対岸の佐久間町《さくまちょう》の精霊に供える盆灯籠《とうろう》の灯も、恋しい宵闇である。

ふと、鈴虫の鳴き声がやみ、数間先の柳の木の下に人影が見えた。

七蔵は懐から両手を出した。

雪駄の鼻緒を足の指でしっかりとつかんで、歩みを止めた。

「萬七蔵、だな」

堤道は人通りもなく、森《しん》としている。

「おぬしのことを調べ上げるのに、いささか手間がかかった」

月明かりを透かし見ると、男は白い小袖に白袴、襷をかけて鉢巻を締め、黒羽織を袖を通さず両肩がけにし、腕を組んでいた。

轟泰一郎の供をしていた若侍だ。

「おぬし、隠密廻り方だそうだな」

七蔵は黙っていた。

「言ったはずだ。ただではおかんと……」

七蔵は両手を懐に戻し、また歩み始めた。

男が肩の黒羽織を後ろに落とした。

男の純白の装束が夜道に映え、一歩踏み出した。

後方より、駆け寄る足音が聞こえていた。

男が刀の柄に手をかけ、身構えた。

背後の足音は、夜の静寂を破る一陣の風のように颯々《ひょうひょう》と迫っていた。

そのとき七蔵は、背後に迫りくる何者かに背中を見せたまま、一歩、二歩、足を後ろに引いた。

背後を一顧だにしなかった。

男が大きく前に踏み出した。

背後の敵の動きは、すべて眼前の男の挙動に映し出されている。

大刀を抜こうとする男の脇に隙が見えた。

七蔵はひらりと身を翻した。

背後に迫った黒ずくめの装束に、刀を抜きざま上段から斬り落とした。

若い男だったが、轟泰一郎ではなかった。

若く潑剌《はつらつ》とした肉体が、七蔵の切っ先に打たれて鳴った。

男の大刀は七蔵の空虚を断ち、そこで静止した。

七蔵より先に振り下ろしたはずの大刀は、背後から見た七蔵の幻影を斬ったにすぎなかった。

七蔵はそこから軸足を替えて今一度身を反転し、柄を握る右手をかえした。

そしてまさに、刀を抜くただ中にある白装束の隙のできた脇を、後ろの侍を断った切っ先が、なめらかな弧を描きつつ掬い上げた。

それはひとつの円の流れの中で起こった二つの変化のようだった。

「ああ……」

柄を握った男の腕の肘先《ひじさき》が、夜の闇の彼方に飛んだ。

腕は大刀もろとも、堤の下の葭《あし》の茂みを騒がし、埋《うず》もれた。

二つの身体が堤を這った。ひとつは声もなく、ひとつはうめき悶《もだ》えながら。

事の終焉《しゅうえん》を察知した鈴虫が、盆の宵闇を愛《め》でるように再び優美にすだいた。

第二章　かどわかし

一

重陽《ちようよう》の節句がすぎ、幾日かが経った九月の晴れた早朝。

日髪日剃《ひはつひぞ》りで毎朝くる廻《まわ》り髪結《かみゆい》の幸吉《こうきち》が、萬七蔵の月代《さかやき》を庭に面した明るい縁側であたっていた。

「お梅さん、おはようっす」

樫太郎の若々しい声が、勝手口からいつものように聞こえた。

「はい、おはよう。旦那《だんな》さまは幸吉さんが見えて、今、髪の方をなさってるところさ。ご挨拶がすんだらお食べ。今日は目刺《めざし》に蜆《しじみ》のおみおつけだよ」

梅は十年以上前、七蔵の祖父・清吾郎が寝たきりになったとき、祖父の世話と所帯の切り盛りを住みこみで頼んだ深川の女である。

祖父が半年後に亡くなってからも、七蔵の男所帯の家事一切を任せていた。

梅はすでに五十代の半ばをすぎている。おっとりして誰にも優しいところが楽でよかった。

勝手口から庭先に樫太郎が廻ってきた。

白地に深緑の太縞《ふとじま》の袷《あわせ》を裾端折《すそはしょ》りに、洗い晒《ざら》した黒の股引《ももひき》の少し褪《あ》せたところが却《かえ》って清々《すがすが》しい。

「旦那、おはようございます」

「おう」

「へい。幸吉さん、おはようっす」

「おはよう。朝はかっちゃんの元気な声を聞くと気持ちいいやね」

「元気に頑張りやす」

朝の光が庭の隅の白い浜菊《はまぎく》に降り注いでいる。

八丁堀ふうの小銀杏《こいちょう》に髪結がさっぱりとすんだら、着流しに手拭《てぬぐい》、二本をざっくりと差して、台所をのぞいた。

朝飯を素早くすませた樫太郎は、板敷の端に腰かけ、梅に近ごろ評判の本の話を語って聞かせたりして七蔵を待っている。

「樫太郎、湯だ」

へいっ——と樫太郎が従った。

湯屋へは髪を結う前にいくものだが、七蔵は祖父の清吾郎がそうしていたのを見習って、さっぱりと髪結をすませたあと、湯屋にいくのが習慣になっていた。元服して以来の習慣で、そうしないと心地悪い。

湯屋は早朝から開業し、大抵、夕七ツ（午後四時）には仕舞う。男は仕事に出かける前、朝風呂にいく。

七蔵の朝風呂は長くかからない。

流し場から石榴口《ざくろぐち》をくぐったかと思うと、すぐに無駄な肉のない筋肉質の五尺八寸の身体を赤く火照《ほて》らせて出てきて、陸湯《おかゆ》を盛んに浴び始める。

それから屋敷に戻り、定服《じょうふく》に着替える。

白衣《びやくえ》と呼ばれる着流しは、身幅を女幅に狭くして裾《すそ》を割れやすくしてある。

同心の役目は明の五ツ（午前八時）から七ツと決まってはいる。

だが、廻り方に時間どおりに務めが収まる日はめったにない。

七蔵は北御番所同心詰所に入って間もなく、内与力・久米信孝に呼ばれた。

表玄関右手の継之間《つぎのま》を通って与力番所へうかがうと、久米が七蔵を促して先に立った。

二人は溜之間《たまりのま》の廊下を通って左に折れた奥の内座之間《うちざのま》に入った。

内座之間の南側にある中庭を隔てて、内詮議所がある。

内詮議所は、主に目見《めみえ》以上や身分の高い者の詮議に当たる所である。

対座していきなり、久米が言上帖《ごんじょうちょう》を開き、七蔵の前に押し出した。

「萬《まん》さんの、新しい仕事だよ」

七蔵は言上帖を押しいただき、言上帖の開かれた「瑞龍軒清墨《ずいりゅうけんせいぼく》殺害の事案」とある紙面を繰《く》った。

静まりかえった邸内は、咳《しわぶき》ひとつ聞こえない。

「この探索は、萬さんでなければ、ならんのだ」

久米は妙な言い廻しをした。

受けるも受けないも、殺し押しこみ恐喝、強請《ゆす》りなど、凶悪な一件の探索、およびその始末をつけるため、七蔵は隠密の廻り方を拝命した。

「人を害した者は誰であれ罰を受けねばならん。そうだろう。罪なき者を害した者が己の地位や権力の陰に隠れて仕置を免《まぬが》れるのであれば、害された者は罪人とそれを見逃す御番所の両方から害されたことになる。そんなことは、許されん。存分に働き、罪深き者らを裁きの場に引き出してくれ」

罪人とそれを見逃す御番所の両方から害され――七蔵は、久米の言葉の意味するところの重さを、そのときはまだわかっていなかった。

二

およそ百日前、五月半ばすぎの夜だった。

夜四ツ（午後十時）、金杉新田《かなすぎしんでん》から坂本《さかもと》にかかる寂しい夜道を歩む二つの影があった。

二つの影は、根岸《ねぎし》の里の灯《ひ》が風雅に瞬く山谷堀《さんやぼり》の木橋を渡った。

畦道《あぜみち》をすぎ、なだらかに上る小路の両側に寺院の土塀が続いていた。

道なりにいくと坂本の町家である。

月は雲に見え隠れし、上野の山も、夜の闇に影を消していた。

前を歩く人影は郡内縞《ぐんないじま》の単衣《ひとえ》に両手を隠した二本差しの侍だった。

後ろの影は町人風体で、紺羽織に宗匠頭巾《そうしょうずきん》を被っていた。

昼間、雨が降っていたからか、片方に蛇の目《じゃのめ》を閉じて提げ、もう一方に提灯《ちょうちん》を提げていた。

二人はさして言葉を交わすでもなく、歩みは緩《ゆる》やかだった。

冷たく湿った靄《もや》が頬《ほお》を掠《かす》め、犬の長吠《ながぼ》えが夜空に寂しく谺《こだま》した。

「あのぉ……もう、ここらあたりで、結構でございます」

後ろの町人が、黙々と歩む侍に声をかけた。

侍の幅の広い背中が止まった。

頬骨の張った横顔が、夜の帳《とばり》を透かして浮かんだ。

「ここらあたりは、夜になると人通りがなくて物騒だからよ」

背中を向けたまま、侍は野太い声で言った。

「お気遣い、畏《おそ》れ入ります。でももう、町家はすぐでございますので」

そうかい——と侍は怠《だる》げに後ろを向いた。

提灯の薄明かりが、侍の無精髯《ぶしょうひげ》を生やした口元を照らした。

五十の坂を二つ三つ越えたあたりの、侍らしからぬ小銀杏に髷《まげ》を結っていた。

鋭い狐目《きつねめ》が、侍の雰囲気を険しいものにしている。

侍は袖《そで》から片手を出し、顎《あご》の無精髯を撫《な》でた。

ふうむ、とうなり、頭を左右に傾《かし》げて首筋をほぐした。

「ところで清墨、絵双紙《えぞうし》の売れゆきは、どうだい」

「はい？　絵双紙と申しますと」

「しらばっくれることたあねえだろう。末摘花《すえつむはな》のことさ」

清墨と呼ばれた町人は応えなかった。年のころは三十代半ば。痩《や》せて小柄な身体に、拵《こしら》えだけが風流を装っている。

「妙なことをやってくれたじゃねえか。しかも念を入れてよう。ええ？」

侍は不敵な笑みを浮かべ、清墨のゆく手を阻むかのように、やや肉のついた大柄な身体を歩ませた。

清墨は蛇の目の頭《あたま》ろくろをぎゅっと握り、身をこわ張らせた。

「あんなもの、絵空事でございますよ。ほんの手慰みの……」

「絵空事だあ？　しゃらくせえことをぬかすじゃねえか。おめえ今日、あの絵双紙で陸《りく》右《え》衛門《もん》からいくら強請った」

「強請ったなんて、そんな……」

「ふふふ……まあいい。たかが絵双紙ごときに、今さらどうこう言う気はねえし、おめえが陸右衛門をいくら強請ろうと、知ったこっちゃねえ」

侍は、ぞんざいに言い、もういけ、というふうに顎をしゃくった。

清墨が肉の薄い肩を窄《すぼ》め、一歩二歩と踏み出したとき、侍の顎にあった右手がさりげなく刀の柄《つか》に下りるのが見えた。
はい？　と言った顔を侍に向けた。途端、
「すわっ」
侍の右手が息を呑む速さで抜刀し、清墨の胴を右から左上に斬り上げた。
悲鳴が闇を裂いた。
清墨は仰け反り、提灯を落とした。
しかし致命傷ではなかった。
ちっ――侍は仕損じたおのれを腹の中で詰《なじ》った。
「ひ、人殺しい」
清墨が叫んだ。
だが、二人のほかに人影はない。
めらめらと燃え出した提灯の火が、よろけながら蛇の目を侍に向けて振り翳《かざ》し、
逃げ戻る清墨の影を寺院の土塀に映した。
そのとき、清墨の振り翳した蛇の目が、ばん、と開いた。
折りしも雲の切れ間から冴《さ》え冴《ざ》えとした月がのぞき、深紅の蛇の目が月光に映えた。

たちまち迫った侍は月光に映える蛇の目を目がけ、刀を深々と突き入れた。刀は蛇の目の中心を刺し通し、そのまま清墨の脾腹《ひばら》を貫いた。獣じみたうめき声が清墨の喉《のど》から漏れた。

噴き出した血が蛇の目にばたばたと散った。

侍は清墨の身体をそのまま土塀に押しつけ、それから刀を引き抜いた。

蛇の目が道に落ち、坂道を転がった。

すると清墨の懐から夥《おびただ》しい数の小判が、音を立てて道に散らばった。

清墨は散らばった小判の上に這《は》いつくばり、足掻《あが》いた。

だが、両掌《りょうて》は数枚の血塗《ちぬ》れた小判を虚しく握り締めたにすぎなかった。

「お、おせん……」

うめきながら、やがて清墨はこぼれた小判の褥《しとね》に四肢を投げた。

三

「二太刀《にたち》目の脇腹を貫いた傷が致命傷だ。太刀筋から見て手を下した者は侍に間違いない。町人相手とはいえ、ああも深々とやるのは、ただの物盗りだけが目的とは思えん。強い遺恨めいたものを感じる」

久米が七蔵の返事を促した。

七蔵は「はあ」と応じたが、言上帖をまだ読み終えていなかったし、七蔵でなければならないと言った久米の真意も汲《く》みかねていた。

事件の被害者は、上野広小路に近い新黒門町《しんくろもんちょう》の裏店《うらだな》に居住する瑞龍軒清墨という三十六歳の絵師だった。

清墨は、本名・次郎兵衛《じろべえ》。中山道《なかせんどう》戸田《とだ》村の百姓・左兵衛《さへえ》の次男で、飢饉のあった天明《てんめい》二年（一七八二）、十二歳で口減らしのために根津《ねづ》門前町の絵師・三益屋《みますや》宗龍《そうりゅう》の元へ年季奉公に出された。

素質があったかどうかはわからないが、次郎兵衛は宗龍の下男奉公を務める傍ら、見よう見真似《まね》で絵の技術を修得し、二十九歳のとき、雅号の瑞龍軒清墨を名乗って自立し、以来、新黒門町で絵師稼業を始めた。

技量はともかく、絵師として自立した瑞龍軒清墨の名が世間に通っていたわけではなかった。妻子はなく、家に閉じ籠《こも》ってばかりいて、

「そう言やあ、あの裏店の清墨という男は、絵師らしいね」

と界隈《かいわい》で噂《うわさ》されるほどの目だたない暮らしだった。

ただ清墨には、橘屋《たちばなや》陸右衛門という商人《あきんど》の贔屓《ひいき》がついており、清墨が絵師として稼業が成りたっているのは、橘屋の贔屓のお陰なのだと、師匠筋の弟子仲間の間ではちょっとした噂になっていた。

陸右衛門は五十五歳。日本橋室町で間口三十間の大店《おおだな》を営み、大名旗本の御用《ごよう》達《たし》を務める呉服問屋橘屋の主人である。

室町の店を倅の文治郎《ぶんじろう》に任せ、おのれは江戸の風流人に人気の高い根岸に瀟《しょう》洒《しゃ》な別荘を建て、若い妾妻《しょうさい》とともに悠々自適の暮らしを送っていた。

事件のあった日、清墨は橘屋の別荘に陸右衛門を訪ねていた。

夜は物騒だから泊まっていくことを勧めたにもかかわらず、夜四ツ前にひとりで帰途についたと、陸右衛門は証言している。

事件の目撃者はなく、ゆきずりの強盗、あるいは流しの追剝《おいはぎ》の仕業と大方が見る一方で、当日、清墨は陸右衛門から二十両の大金を借用しており、内情に詳しい者の仕業という見方も捨て切れないと、言上帖にはあった。

掛《かかり》は、本条宗利《ほんじょうむねとし》。北町奉行所で最古参に入る腕利きの定町廻り方である。

「本条さんの掛に、わたしなんぞが口を挟む余地はありますかね」

「うん？　弱気じゃないか。萬さんらしくないね」

「わたしでなければならないと、久米さんの仰《おつしや》る事情がいまひとつわからないもんで」

幕府の仕置では、人の金を盗んだ場合、十両以上だと首が飛んだ。強盗や強盗殺人では、間違いなく打ち首である。確かに重大事件だが、本条以上に自分に何が探り出せるだろうかと、七蔵は思っていた。

すると久米は、懐から一冊の絵双紙を取り出し、七蔵の前に置いた。

「こういう絵双紙が出廻っているんだが、萬さんは知ってたかい」

《末摘花》と黒表紙に朱の文字が記されている。絵師は、暗黒亭黒主《あんこくていくろぬし》。

久米の許しを得て、手に取った。

《末摘花》は、下帯ひとつの侍ふうの男が、三人の肌も露《あら》わな女を緊縛し、折檻《せつかん》し拷問《ごうもん》にかけている絵双紙だった。

三つの章に分かれ、千、とせ、れん、と記された三人の女たちの身悶《みもだ》え、苦悶《くもん》する様《さま》が極彩色の錦絵に描かれていた。

絵ごとに折檻拷問の手順を実際に見たありのままを語るかのように、詳細な解説がついていた。

そのため絵といえども淫《みだ》らに禍々《まがまが》しく、好色よりも過激な残酷味が浮き彫りになっていた。そして、折檻拷問を加える侍は、

《コノ侍　凶暴ニツキ　千　サツガイ》

と解説されていた。

千、サツガイ？　七蔵は首を捻《ひね》った。

「抜板《ぬけはん》だよ。手の者が深川の書肆《しょし》でようやく手に入れた。好事家《こうずか》の間で、密かな評判になっていていてね」

抜板というのは、板元が《改《あらた》め》を受けずに本を板行《はんこう》することである。当時、書物出版は作者の稿本《こうほん》ができた段階で、改《あらため》名主《なぬし》の検印を受けることになっていた。

改印控帳を調べれば、板元や新板の点数がわかった。一昨年《おととし》の文化《ぶんか》元年五月、町年寄に好色本・人情本への禁令厳守の布達が出された。

好色情死の類を趣向《しゆこう》に至し　淫風《いんぷう》甚《はなはだしく》敷

人情本と唱え候《そうろう》本《ほん》之有《これあり》

………

人情本の儀は絶板被仰付《おおせつけられ》　可然哉《しかるべくや》　奉存候《ぞんじたてまつりそうろう》

これが摘発されると板を取り上げて《叱《しか》り》、もっと甚だしい物なら《屹度叱《きっとしか》り》となり、過料を科せられることもあった。さらに、《不埒《ふらち》につき》となると、過料ではすまなくなる。

「なぜ、評判になっているか、わかるかね。じつはな、暗黒亭黒主は瑞龍軒清墨のもうひとつの雅号なんだ。春画に詳しい者ならたいてい知っている雅号だそうだ。絵双紙が出廻り始めたのが四月の上旬ごろで、清墨殺害が五月。なにやらいわくあり気で、それが妙な評判になっているらしい」

静かな座敷に、絵双紙を繰る音だけが流れた。

「本条さんは、ゆきずり、あるいは流しの金目あての殺しの線から一件を洗っている。それはそれでいい。だが清墨殺しが単純な金目あての凶行ではなく、根っ子にこの絵双紙とつながりのある別の事情が隠れていたとしたら……」

久米は言葉を止め、廊下に人の気配をうかがった。

「たとえばだよ、この絵双紙の内容が事実で、ここに登場する侍がその事情を知っている清墨を口封じのために始末したと考えるのは、ありえる話だろう」

七蔵は絵双紙を置き、頷《うなず》いた。

「お奉行は、この侍に関心を持っておられる。絵双紙の内容が事実なら、清墨事件には、清墨のほかに千という女殺しも絡んでいるかもしれん。では千殺しはどうなった。この侍とはどこの誰だ、ということになる」

久米は声をひそめ「好事家の間で妙な噂が流れているらしい」と言った。

「おのれの歪んだ性癖のために、売女をかどわかし、嬲《なぶ》りものにして、挙句に殺してしまう侍がいるという噂だ。しかも浪人などではなく、れっきとした公儀のお役目についている侍だとな」

「この噂の侍が、ここに描かれている千殺害の侍だと、言うのですか」

「清墨と侍はかどわかしの仲間で、清墨がなんらかの理由で絵双紙にして侍の凶行を暴露《ばくろ》したため始末されたというのが、その噂の筋書きのようだ」

「ですが、ただの噂でしょう」

「だから萬さんなのだよ。噂ほどやっかいなものはない。噂だけが勝手にふくらんで、お上は女殺し、絵師殺しの恥知らずな獣《けだもの》を見落とし、その獣がれっきとしたお役についている公儀の侍だと広まれば、町民はお上に不審の目を向けるだろう。やっかいなのは、この噂が真実だった場合だ。われら町方が策を誤れば、御番所は手抜かりの誹《そし》りを受け、面目を失うことになるな」

「本条さんは、自分の掛に噂話をもとに隠密廻りが乗り出したとあっちゃあ、きっと面白くないでしょうねえ」

「本条さんには、あくまでこの詮議の助っ人だと、わたしから言っておく。とにかく萬さんは、早急に噂の真相を確かめ、真実なら、しかるべき処置を講じてくれ。できれば秘密裏に。それがお奉行のご意向だ」

四

七蔵と樫太郎は、色づき始めた上野の山を西に見ながら、山下を抜け下谷坂本町の通りへと辿《たど》り、二丁目の横丁を左に折れた。

そこから坂本裏町、下谷御簞笥町《おたんすちょう》と向かう裏通りの途中で、寺院の土塀が両側に連なるなだらかな下り坂へと入る。

人通りが跡絶《とだ》え、静けさが二人を包んだ。

「この五月、瑞龍軒清墨が殺《や》られたのはこの道だ」

「なるほど、寂しい通りでやすねえ」

秋の澄んだ光が樹木に降って、日中の小路に葉影を描いていた。

七蔵は視線を樹木から小路へ戻し、ゆっくり辿った。

「ここらあたりで清墨は左前から初めのひと太刀を浴びた。致命傷にはならず、そこらまで逃げたところで腹をぐさりとやられた」

道を五間ばかり下って、歩みを止めた。

「こっちを頭にうつ伏せに倒れた清墨を、犯人は仰向けにかえし、懐を探った」

「このへんの寺で、気づいた人はいなかったんですか」

「見た者も、声を聞いた者もいねえ。もしかして、かかわりたくねえから、聞こえなかったふりをしたかもしれねえが」

「そいつは、なんで前から清墨に斬りかかったんでやんすかねえ」

「なんで前から？」

「金が目あてなら、後ろから忍び寄ってばっさり殺《や》ったほうが楽なのに」

「もっともだ。清墨とそいつは顔見知りだったのかもしれねえ。二人は向かい合って話したか、あるいは、清墨の前を歩いていて振り向きざまに……」

七蔵は、言上帖の報告にある殺害現場の様子を思い描いた。

あの日は昼間、雨だった。

清墨は橋屋の別荘からの帰途、この道を誰かと歩んでいたのか。

二人は小路から稲刈りの終えた金杉村の田圃《たんぼ》道に出た。

青空に鰯雲《いわしぐも》が棚引いている。

垣を廻《めぐ》らした瀟洒な邸《やしき》が、田圃の向こうに並んでいた。

頬白《ほおじろ》が、ちちっ、ちちっ、とさえずっていた。

道は五行松《ごぎょうまつ》の不動尊の杜《もり》を右に見て、根岸川の流れに架かった木橋の向こうに続いていた。

木橋から田圃越しに、真っ白な漆喰《しっくい》に覆われた土塀に青瓦《あおがわら》を葺《ふ》き、孟宗竹《もうそうちく》や松の屋敷林が白い土塀の見越しに枝を伸ばしている豪邸が見えた。

五

橋屋陸右衛門は、黄八丈の着物に萌黄《もえぎ》の帯、黒縮緬《くろちりめん》の丸羽織を羽織り、

「お役目、ご苦労さまでございます」

と、客座敷の押し板を背に座った七蔵と後ろの樫太郎に慇懃《いんぎん》に頭を下げた。

堂々とした体軀《たいく》に艶《つや》のある赤ら顔で、大店の主人の余裕がもたらす風貌を備えつつも、五十五歳にはとても見えない若々しさだった。

小鳥がわが物顔に、広い庭園を飛び廻っている。

「清墨のことは、不憫《ふびん》でなりません。あの男の絵を、わたしは買っておりました。ただ小器用さが、却ってあの男の絵師としての壁になっておりました」

陸右衛門は富者の余裕を崩さず、七蔵に言った。

「清墨が根津の三益屋宗龍先生から独立して、かれこれ七年になりましょうか。わたしどもと清墨との縁は、それより前からでございます。じつは、この座敷の絵はすべて宗龍先生にお描きいただいたものでございまして、その折り、宗龍先生のお弟子衆の中に清墨がおり、それ以来の縁なのでございます」

「清墨が絵師としての暮らしが成りたっていたのは、橘屋さんの贔屓があったからと聞いているが、清墨はこちらでどんな絵を描いていたのだ」

「美人画の錦絵でございます。わたしどもと同好の仲間で、毎月、美人画の収集と品評会を催し、そこで披露する美人画を清墨に描かせておりました」

「美人画の品評会」

「品評会というのもおこがましゅうございますが、ただまあ、それぞれの自慢の絵を持ち寄り、この絵の手筋はいい、彩色の具合は春信《はるのぶ》ふうだとか、素人《しろうと》が集まって好き勝手に語り合いつつ、仲間内で酒を酌み交わすささやかな集いでございます」

「その品評会は、こちらで催したんで？」

「さようで。毎月の晦日《みそか》ごろに、あちらの離れで」

広い豪勢な庭の先に池があり、池に架かる石橋の向こうに、萱葺《かやぶ》き屋根の数寄《すき》屋《や》造りの亭《あずまや》が孟宗竹の枝葉に囲まれて見えた。

「戯《たわむ》れにわたしどもはあそこを橘兆亭《きつちょうてい》と名づけ、催しの名も、橘兆亭の風流講、と称しております。どうか、お笑いくださいませ」

「橘屋さんは、清墨が、女を緊縛して折檻を加える残酷絵の類の絵を描いていたという噂を聞いていなかったかい。雅号を暗黒亭黒主と変えてだ」

「清墨が暗黒亭黒主と？　さあ、それはどのような絵でございますか」

「いや。そういう噂があるというだけだが」

七蔵は清墨が出した《末摘花》のことは伏せた。

「こちらで清墨が描いた絵を、いくつか、見せてもらいたい」

「よろしゅうございますとも」

お蔦《つた》、お蔦あ——と陸右衛門が手を叩き、名を呼んだ。

陸右衛門は縁側の廊下に現れた女に、どこそこからなにやらを持ってきておくれ、と頼んだ。

「清墨が斬られた五月のあの夜は、ここからの帰りで？」

「はい。あの日は、梅雨《つゆ》がまだ晴れぬ雨でございました。夕方、雨の中を清墨が突然顔を出し、戸田村の両親に急に仕送りをする必要ができたので金を貸してほしいと頼まれましたもので、二十両ばかし用だてました」

「二十両とは、大金だな」

「あの男もいろいろ苦労していたようです。まさかその帰りに……」

「清墨を恨《うら》んでいたとか、不仲だったとか、そういう人物の心あたりは？」

「まったくございません。もともと清墨は人づき合いが苦手と申しますか、絵のことしか頭にない男でした。嫁ももらわず、独り身をとおしており」

そのとき、しゃらん、しゃらん、と金環《きんかん》の触れる音が庭の方から聞こえた。

見ると、錫杖《しやくじよう》をつき墨染めの衣に饅頭笠《まんじゆうがさ》を被った三人の雲水《うんすい》が、庭を通りかかった。

雲水は饅頭笠を少し上げ、座敷の陸右衛門と七蔵に小さく頭《こうべ》を垂れた。

先頭の雲水は濃い頰髯を生やし、錫杖を手にしていた。

後ろの雲水は六角棒をついていて、三人目の若い雲水は前の二人より頭ひとつ背が低く、首に何重にか巻いた鎖を数珠《じゅず》のように垂らし、鎖の一方の先端に分銅をぶら下げ、もう一方は杖の先端につながっていた。

しかもその六角棒は、仕こみ杖《づえ》ではないか？

「慧念《けいねん》さま、知覧《ちらん》さま、延能《えんのう》さま、お務め、ご苦労さまでございます」

陸右衛門は縁側に出て合掌した。

赤銅《しゃくどう》色に日焼けした顔が、七蔵にじっと向けられた。

だがすぐに、錫杖の音とともに敷石伝いに表門の方に消えた。

「あのお三方は、修行のために諸国を遍歴なさっておられるお坊さまです。清墨が災難に遭って以来、清墨の供養にわたしどもからお頼みしてご逗留《とうりゅう》願っておるのでございます」

「供養にね。話を戻すが、あの日は、清墨以外に客はいなかったんだな」

「清墨ひとりでございます。こちらを出たのが四ツ前でございます……」

「風流講のみなさんと清墨とは、どういうつき合いなんだ」

「さっきも申しましたように人づき合いの苦手な男でございますので、風流講に描いたおのれの絵を、みなの前で語って聞かせる程度の面識でございます」

「差し支えなければ、風流講のお仲間の名前を聞かせてもらえないかい」

陸右衛門は、俳諧師《はいかいし》、僧《そう》、戯作者《げさくしゃ》、薬師《やくし》の四人の名をあげた。

「侍は、いないんだな」

「今のところは。いずれはどなたかと、思ってはおりますが……」

「室町の店に出入りする、町方の者がいるな」

「はい。北町南町両御番所のお役人さまにお出入りを願っているお陰で、わたしどもも安心して商いに励むことができております」

「北町の町方は、どなたで」

「隠しだてするのではございませんが、お役人さまのご都合もございましょうから、わたしどもはお応えいたし兼ねます。なにとぞ御番所の方でお調べ願います」

「深い意味はない。清墨が橘屋さんとのつながりで店に出入りする町方にも顔見知りがいたんじゃないかなと、それだけのことなんだがね」

「清墨がくるのはこちらで、お役人さまのお出入りは室町の店だけでございますので、そういう意味での面識ならございませんでしょう」

廊下に、漆の光沢も美しい一尺五分四方ほどの木箱を抱え、お蔦が現れた。

「あ、すまないね。こちらにいただきましょう」

六

一刻後、七蔵と樫太郎、そして飯田町《いいだちょう》で板元を営む小松屋《こまつ》主人・忠司《ちゅうじ》が、小松屋の店先から廊下を隔てた客座敷で、一冊の絵双紙を囲んでいた。

絵双紙は、久米から預かった《末摘花》である。

小松屋はとき折り、ふうむ、とうなっては、絵双紙を一枚一枚めくっている。

「確かにこの本は、暗黒亭黒主の筆名になっておりますが、瑞龍軒清墨先生でございます。今年の二月の初旬でしたか、清墨先生ご自身がこの絵をわたしどもに持ちこまれまして。清墨先生は通《つう》好みのいわゆる好事家に贔屓が多い先生ですので申し分ございませんが、絵の題材がこのように相当際《きわ》どいものでしたから、どうしたものか、わたしどもも迷いました」

小松屋は、七蔵が人情本、好色本の摘発にきたと思っている様子だった。

《末摘花》が抜板のせいか、小松屋の言い分はなにやら言いわけがましい。

「清墨先生の思い入れと熱意に押されたと申しますか、その意気ごみに、無下《むげ》にお断わりもできませず、板行《はんこう》に踏みきった次第です」

「この五月、清墨が斬られた一件は知ってるな」

「はい。存じております。三月に丙寅《へいいん》火事があったので十日ばかり予定が遅れて四月の上旬になって《末摘花》が出たのですが、その一ヵ月とちょっとあとでしたから、本当に驚きました。流しの強盗に遭ったとか」

「清墨はこの絵について、小松屋さんになにか話さなかったか」

「そうでございますねえ……そのとき仰ったのは、ここに描いた女たちは三人とも本当に稼いでる売女で、全部事実をありのままに写し取ったのだと。なにやらとても思い詰めていらっしゃるご様子でした。それから……」

と小松屋は躊躇《ためら》うような素振りを見せた。

「第壱章《いっしょう》の千はこのときの折檻で、嬲《なぶ》り殺されたのも真実だと仰っておられました」

「あとの二人は？」

「殺されたとは仰っていませんでしたが、無事ではすまなかったような」

「殺《や》ったのは、ここに書いてある侍だと？」

「詳しいことはうかがっておりません。清墨先生が売りこみを成功させるために戯《ざ》れ言を仰ってるのだろう、と思っておりましたものですから」

「絵を描いた場所や人について、ちょっとでも思い出すことはないか」

「相すみません。なにもうかがっておりません」

だが、「あ、そう言えば」とふとなにかに思い当たったように漏らした。

「《末摘花》の謂《いわ》れを、清墨先生は源氏の章題を拝借したのだが、ただ、末摘花という題には先生なりにこめた意味があって、いずれときがくれば、戯作などに書き起こして世に問うつもりだと、仰ったことがございました」

「こめた意味が……」

「板行するともしないともご返事申し上げていないのに、出るものと決めてかかっておられたものですから、聞き流しておりましたが」

七

小松屋を出た七蔵と樫太郎は、田安稲荷《たやすいなり》の前を過ぎ、九段坂下《くだんざかした》の通りを俎板橋《まないたばし》の方角へ東に曲がった。

七蔵は清墨が《末摘花》の題にこめた意味というのが引っかかっていた。

その意味が、コノ侍、をなにか暗示しているのではないか。

俎板橋の手前の蕎麦《そば》屋の軒先を、一匹の野良犬がうろうろしている。

「樫太郎、昼がまだだったなあ。蕎麦を食っていくか」

二人は《御膳　生蕎麦》と記した喜寿庵《きじゆあん》という店の腰高障子を開けた。

細長い土間と畳敷きの店内に先客が三人ばかりいた。

畳敷きの奥が衝立《ついたて》で仕切られ、そこでも何人かの客が酒を飲んでいるらしい賑《にぎ》やかな声が聞こえた。

店の女に盛《もり》を二枚頼んでから、七蔵は懐の《末摘花》を取り出した。

「樫太郎、文鎮堂ではこういう本を扱っているかい」

「抜板のことですかい」

七蔵は、そうだと頷いた。

「お客さんの要望があると思えば、お父っつあんなら仕入れると思いやす。ただ《末摘花》はうちの店には置いてねえです。この手の絵双紙は、限られた嗜好《しこう》を持った人がお客さんなんで、あんまり数は出廻らねえんです」

「清墨は、贔屓の橋屋に隠れて、こういう絵をちょくちょく描いてたのかね」

「あっしにはわからねえですが、今朝、橘屋さんで観せてもらった美人画とこの絵双紙の縛り絵が同じ清墨さんの手筋なら、画材の好き嫌いは別にして、あっしは《末摘花》の方がうんとできがいいと思いやす」

「すえつむはな、か……樫太郎は、源氏は読んだことがあるかい」

「いえ、ねえです」

「そうか。俺もねえんだ。小松屋が言ってた、清墨が《末摘花》の題にこめた意味というのは、やっぱり源氏に手がかりがあるのかね……」

「旦那、音三郎さんなら、うんと勉強なさってるから、源氏物語のことでもなにか見つかるかもしれやせんぜ」

「なるほど、音さんか。しばらく顔を出してねえなあ」

「へい。綾さんにも会っておりやせん」

「樫太郎は、綾さんが贔屓かい」

樫太郎はにやにやと、初心《うぶ》な照れ笑いを浮かべた。

「久し振りに浅草へ廻ってみるか」

「土産《みやげ》はなににいたしやしょう」

樫太郎に先廻りに言われ、七蔵は笑った。

盛が運ばれてきた。

空腹を我慢していた樫太郎は、勢いよく蕎麦を啜《すす》り始めた。

その樫太郎の勢いが蕎麦を口に運んだまま不意に止まり、七蔵の背後をじっと見上げた。

振りかえると、廻り方の黒羽織の大柄な男が、御用箱を担いだ中間と小者を二人従えて土間に立っていた。

衝立の陰の賑やかな声が、いつの間にか消えていた。

「よう。こんなところで七蔵さんに会おうとは、思わなかったぜ」

「末長《すえなが》さん、失礼いたしました。いらっしゃったとは気づかなかったもんで」

末長賢久《かたひさ》は北町奉行所・定町廻り方六人の同心のひとりである。年は五十三歳と聞いている。

「ここらへんには、なんのご用だい」

末長は、酒が廻って赤く潤んだ狐目に、ざらざらした笑みを浮かべた。

「ちょいとした訊《き》きこみで、この近所に」

「ちょいと、かね。本条さんから聞いたぜ。瑞龍軒清墨事件の調べ直しだろう。本条さんが久米さんからあんたが探索に加わると言われたと、こぼしてた。あんたが陰でこそこそやるもんだから、やりにくくってしょうがねえってな。隠密廻りは、こそこそやるもんだって、言っといてやったぜ」

「証拠集めの助っ人を命じられただけなんで。本条さんには、あとで……」

「ただな、本条さんにも立場ってえものがあるからよ。お奉行のご機嫌取りもいいが、本条さんの顔がたつような気遣いは必要だぜ」

「そりゃあもう、心得ております」

「そうかい？　夜叉萬てえのは七蔵さんのことなんだろう。ずいぶん強引な探索で名を馳《は》せてるじゃねえか。あまり、尖《とん》がらねえようにな。廻り方は野暮じゃあ務まらねえぜ」

末長は幅広い背中をゆったりと波打たせ、七蔵と樫太郎の側を通りすぎた。

……きみと寝ようか　五千石とろか
　なんの五千石　きみと寝よう……

末長の背中が口ずさんで、表の腰高障子をさっと払った。外で犬が吠えた。

「あの人が定町廻りの末長さんですか」

樫太郎が頰張った蕎麦を呑みこんで言った。

「知ってるのかい」

「あちこちの大店から、お出入りの声がかかる腕利きと、聞いたことがありやす。けど、ちょっと偉そうなのが、あっしは好かねえ」

「おれが十三歳で見習の御番所勤めを始めたころ、いろいろ世話になってな」

七蔵は蕎麦を啜り始めた。

八

鏡音三郎は、朝から根付細工の仕上げ削りにかかっていた。

二寸足らずの方形の桜材の木片である。仕上げ削りがすんだら、紐《ひも》通し孔《あな》開け、細部の仕上げ、磨きと毛彫り用の刀を使って模様彫り、それからやっと染めや彩色、保存と艶出《つやだ》しのための漆塗りにかかる。

橋本町にある小間物問屋・京屋次郎市《きょうやじろいち》の店に持っていけば、ひとつ銀二匁《にもんめ》か、出来映えによっては三匁くらいで引き取ってくれる。

手間取り職人の半日分か一日分の日当程度の報酬である。

材料代や手間を考えると微々《びび》たる額だが、音三郎は自分の彫った根付に値のついたことが嬉しかった。

兄・甚之輔の敵《かたき》である浅茅玄羽を追って出府したのが五月。

それから江戸藩邸の知人の伝《つて》で、日本堤南方《みなみかた》に開けた田町の作右衛門ふね夫婦の離れに住まいを定め、二ヵ月が経った七月だった。

浅茅玄羽の行方《ゆくえ》を求めて藩邸の知人を訪ねた帰り、立ち寄った橋本町の小間物問屋、京屋で腰に提げた印籠の根付が主人、次郎市の目に止まった。

主人は音三郎に腰の根付は誰の手かと訊《たず》ねた。自分の細工であることを伝えると、主人は驚きを隠さず、

「お侍さま、一度、新しい根付を細工してみませんか。これほどの出来映えであれば、お買い上げさせていただきますよ」

と、いきなり切り出したのである。

七蔵とともに、綾をかどわかした紅組と入谷正覚寺墓地で闘ったあと、音三郎は初めて人を斬った気の昂《たか》ぶりを吐き出すように、根付彫りに没頭した。

出来上がった最初の作は、棗《なつめ》の木を用いたお多福《たふく》の形彫り根付だった。

京屋次郎市は、音三郎のお多福をご祝儀の銀五匁で買ってくれた。

「今はまだお名前が知られておりませんので、二、三匁くらいでお願いいたしますが、お侍さまの名が広まれば、ひとつの値が金何分何両になることも珍しいことではございません。根付師のお名前をお入れになってはいかがで……」

音三郎は小躍りしたい気分だった。

乙哉《おとや》――音三郎の考えた根付師の名だった。

音三郎は、長時間の細かい彫り仕事で疲れた目を、六畳間の座敷の二尺ほど開けた腰障子の間から、浅草寺北方《せんそうじきたかた》に広がる浅草田圃へ流した。

八ツ半（午後三時）になる日差しが、稲刈りのすんだ田圃を淡い光で包んでいた。雀《すずめ》の鳴き声が姦《かしま》しい。

田圃の中の稲架《はさ》が幾重にも重なって見える。

「音三郎さん、開けてもかまわない？」

襖《ふすま》の外の板敷で、綾の声がした。

「どうぞ」

襖が開き、綾の柔らかな気配が流れてくる。

「夕ご飯の仕度にかかりますが、なにか食べたい物はありますか」

「煮物がいいですね。干瓢《かんぴょう》、山の芋《いも》、牛蒡《ごぼう》とか、いろいろ入った」

「じゃあ、大根も入れましょう」

二人は顔を見合わせて微笑《ほほえ》んだ。と、そこへ、

「ごめんなさい」

と、後ろの土間で声がした。

振りかえると、戸の外に樫太郎と萬七蔵が立っていた。

樫太郎はたっぷりと買いこんできた豆腐の桶《おけ》を持ち、七蔵は一升徳利を手に提げていた。

「今日は音さんとこいつで一杯やろうと思いたってね。それにちょいと、音さんに頼みてえことがあるんだ」

樫太郎の後ろで、七蔵が徳利を持ち上げ、にやりと顔をほころばせた。

火を入れた火鉢の上にかけた土鍋の湯やっこが、ぐつぐつと煮えていた。

豆腐を葛湯《くずゆ》で温め、生醤油《きじようゆ》を煮立てて花鰹《はながつお》を入れてこし、葱《ねぎ》、生姜《しようが》おろし、芥子粉《からしこ》を入れる。

綾の用意した湯やっこを、ほくほくしながら樫太郎が頬張っていた。

七蔵と音三郎の酒も湯やっこを肴《さかな》に進んだ。

綾は土間の台所で、礫《つぶて》でんがくを作っている。

適当な大きさに切った豆腐を串刺《くしざ》しにして狐色になるまであぶり、芥子酢味噌《けしすみそ》をかけ、芥子の実をふる。

酢味噌の匂いが堪《たま》らなく香ばしい。

日はとっくに暮れて、浅草寺の時の鐘が暮れ六ツ（午後六時）を報せた。

音三郎は、湯呑茶碗の冷や酒をゆっくり口に運んでは、《末摘花》を一枚一枚丹念にめくっていた。

絵双紙の中の三人の女が縛《いまし》められ、苦悶の表情を浮かべている。

「まあ、酷い。これはなんですか」

土間から礫でんがくの皿を運んできた綾が、音三郎の隣に座って言った。

「折檻拷問の絵です。世の中にはこういう絵を好む人がいて、そういう人たちのためにこっそり売られている一種の春画です。けれど、絵はとてもよく描けている。絵師の画力は高いと思います」

「おれもそう思う。しかし、足りねえものがある。おれに言わせりゃあ、ここに描かれた絵はどれも生々しいが、艶が感じられねえ。なんて言うか、絵師の心が絵から離れちまってる気がするんだ」

「清墨という絵師は、とても器用な人だと思います。ありのままにとか、綺麗にとか、頼まれた絵を描くことはできても、それは絵の見事さではなく職人の技の巧みさなんです。絵心のある人には、きっとそれが物足りないんです」

でんがくを頬張った樫太郎と、徳利を持った綾が感心して頷いた。

「清墨は、絵師ではなく職人の道を選ぶべきだった。わたしも根付師の真似事をしていますので、この絵師の職人技がわかる気がします」

「音三郎さん、あれですね。見ていいですか」

音三郎が頷き、樫太郎は文机《ふづくえ》に並んだ根付の黒柿の力士を手に取った。

「わあ、面白いなあ。可愛いなあ」

「これに彩色して仕上げるんだ。でも、清墨という絵師がこの絵を描いたのは、好事家の評判を取ることよりも、別の意図があったんではないでしょうか」

「別の意図が？」

「どの絵も、ありのままに、生々しく描き写すことが狙いで、絵としての評判や美しさは、この絵師にとっては二の次だったような」

「《末摘花》という題名は、清墨にはなにやら意味があるらしい。その意味が清墨が斬られたこととつながっているように思えてならねえ」

「その清墨という絵描きさんは、斬られたんですか」

「夜道で何者かに襲われて、亡くなったそうだ」

「まあ、お気の毒……」

綾は哀れげに呟《つぶや》いた。

「末摘花は、源氏物語に登場するある親王《みこ》が晩年、すなわち末にもうけた姫君で、その親王が亡くなってから、姫君は後ろ盾《だて》を失い、貧しく心細く過ごしていたうえ、世馴れておらず心を開かない姫君の有様に、源氏はかえってあわれに思い心を惹かれて訪ねるのですが、姫君の鼻が長く垂れて鼻先がべに花のように赤いのです。べに花の別の呼び名が末摘花で、源氏は《なつかしき色ともなしになにゝこの末摘花を袖にふれけむ》と詠うのです」

三人が頷いた。

「源氏と絵双紙の似ているところをあえて挙げれば、光源氏の姫君への哀れみと絵師の描いた女たちの心細い身への哀れみなのかもしれません」

「《末摘花》はこの三人の女を指していると言いたいんだね」

「ええ。ただ、それだけだったら世間に問うほどの意味はないと思います。ほかに含んだ謂れがあるから、この人は題の意味を語らなかった」

「そうだな。とにかく清墨が、いつどこで誰に頼まれて描いたのか、それからこの絵に出てくる男や女のことを知る必要がある」

「わたしでお役にたてるなら、喜んで手伝わせていただきます」

「音さんに手伝ってもらうと助かる。少ねえが手間代は用意させてもらう。明日から、樫太郎と二人で清墨の絵師仲間や清墨の仕事先の板元に当たってみてくれるかい。今はまだ見えてねえ事情がきっと見えてくるかもな」

「合点だ。旦那は、どちらへ」

「ちょいと考えてることがある。そいつを確かめにいく」

九

およそ九ヵ月前、文化二年師走大晦日《しわすおおみそか》の夜のことだった。

根岸の里は橘屋別荘の橘兆亭に、主人の陸右衛門のほか俳諧師・時雨宝慈《しぐれほうじ》、常楽院《じょうらくいん》の僧・岳樹《がくじゅ》、戯作者・平戸順四郎《ひらどじゅんしろう》、薬師・森仙菴《もりせんあん》の四人が顔を揃えた。

橘兆亭は茶寮として使われていて、躙口《にじりぐち》があり、四畳半の座敷に炉畳《ろだたみ》の茶釜《ちゃがま》が湯気をたてていた。

陶製の火鉢の赤い炭火が座敷を暖めている。

主と四人の客の前には、浅草山谷八百膳《さんやゃおぜん》から特別に取り寄せた豪華な弁当が並んで、芳醇《ほうじゅん》な下り酒が振舞われた。

その宴が酣《たけなわ》になったころ、主人、陸右衛門が一座を見廻して言った。

「さてさて、お待たせいたしました。橘兆亭に集い、艶《め》を愛で、よき酒を友とするわれらの宴を彩らん悦楽の一夜《ひとよ》を、ただ今より楽しみましょう」

「よおおっ、待ってましたよ」

美酒に顔を火照らせた客たちの間から、ざわめきと拍手が起こる。

二つの行灯の火が陸右衛門によって消され、たちこめた暗がりが客たちを包み隠した。

「清墨、始めておくれ」

すると襖がするすると開く。

おおっ——暗がりの中で客たちが声を合わせた。

二つの燭台《しょくだい》の灯が、六畳ほどの奥座敷を浮かび上がらせた。

緋毛氈《ひもうせん》が敷き詰められ、黄金の金箔《きんぱく》に竹林をあしらった屏風《びょうぶ》が茶席に対してたてかけてある。

客が声をあげたのは、屏風の前に据えられているひとりの女に目を奪われたからだった。

勝山髷《かつやままげ》の解《ほつ》れも艶《なま》めかしくうな垂れ、年のころは二十歳《はたち》を超えたであろう色年増の顔はせつなげに曇り、頰がほんのりと紅潮していた。

女は、着物も襦袢《ジュバン》も纏《まと》わず、腰にしどけなく巻いた桃色の湯文字《ゆもじ》の裾《すそ》が割れ、白い腿《もも》がのぞいていた。

のぞいた足は腿から爪先《つまさき》までが、緋毛氈の上に艶めかしく流れている。

艶やかに肉のついた白磁の肌には麻縄《あさなわ》が幾重にも巻かれ、豊満な乳房を痛々しく淫《みだ》らに歪《ゆが》めていた。

背中からきりりと天井に延びた太い一筋が、後ろ手に縛められた女の上体をあやうげに支え、首筋から撫で下ろした肩が微《かす》かに震えている。

そのとき、座敷の左手から逞《たくま》しい赤銅色の裸体に白い下帯ひとつの男が、摺《す》り足で現れた。

刷毛先《はけさき》を軽く広げた小銀杏髷に、高い頰骨と険しい狐目、分厚い胸、剛毛に覆われた手足を茶席の客たちに晒《さら》した。

男は女の勝山髷を鷲《わし》づかみにし、うな垂れた顔を荒々しく持ち上げた。

右手に拷問用の矢柄《やがら》を携え、女の歪んだ乳房に押しつけた。

女が辛そうに声を漏らした。

男は矢柄を下腹へ這わせ、腿にかかった湯文字を払い除けた。

いやいや、と女は首を左右に振る。

暗い茶席の客たちの間から、溜息と生唾《なまつば》を飲む音がした。

「みなさんに、見ていただくのだ。叱っていただくのだ」

女はいたぶりから逃がれて腰をひねり抗《あらが》った。

「なにぃ、いやなのか……ならば折檻だ」

男は戯れ言のように言い、秘部から引き抜いた矢柄を腿へ振り下ろした。

撓《しな》った矢柄が肉を引き裂く音を立てた。

女は悲鳴をあげ、歯を食い縛る。

腿から背中、胸、腹、尻と折檻が加えられた。

女はのたうつが、緊縛された身は逃がれることもままならず、ただひと打ちごとに悲鳴をあげるばかりだった。

瑞龍軒清墨は、襖の陰で本所一ツ目之橋の夜鷹《よたか》・千の緊縛図絵を必死に描き続けていた。

男の矢柄が惨《むご》たらしく千の柔肌を痛めつけ、千の苦悶の表情が、清墨の胸を掻き毟《むし》った。

そのうちに、男の執拗な打擲《ちょうちゃく》に気を失った千は、悲鳴もあげず、のたうちもしなくなった。

男は矢柄を捨てて天井の縄を緩め、赤く爛《ただ》れた身体を緋毛氈に横たえた。

下帯を取り、全裸になった。

されるがままの千の両膝を開き、己を呪文《じゅもん》をかけるようなうなり声をあげて奥深くへ沈めていく。

けだもの、と清墨は心の中で罵《ののし》った。

しかし、それでもわたしは描かねばならない。

男の動きは慌しくなり、つられて呪文も強く、激しさを増した。

呪文と動きが次第に狂気じみ、節くれ立った十指が、千の頼りなげな首にかかり、絡みついた。

われにかえった千が、目を瞠《みは》った。

千は腕を後ろ手に縛られた上体を懸命にくねらせ、助けを求めるかのように怯《おび》えた目を襖の陰の清墨に注いだ。

男の不明な呪文が高まり、千のたおやかな首筋に絡みついた太い指が激しく震え、腕と肩の筋が急に盛り上がった。

ううう……、千は声を短く絞り出した。

普段と様子が違う。

茶席の客の間に、白々としたざわめきが湧《わ》きあがった。

男の肩が大きく上下していた。

不気味な雄叫《おたけ》びをあげ、指先の色が褪せるほどに細首に食いこんだ。

千の顔が醜く歪んで、紫色に変わり果て、足が獣のように痙攣《けいれん》した。

清墨の額から汗が滴り落ちた。

「いかん。なにをしている」

陸右衛門が叫び、客たちが畳を踏み鳴らして奥座敷に入ってきた。

客たちは男の手首や肩、腕、首を取って千から引き離そうとした。

清墨は頭を抱えて緋毛氈に蹲《うずくま》り、震えていた。

四半刻がすぎた。

奥座敷の緋毛氈に、縛めを解かれ、四肢を哀れに投げ出した千の亡骸《なきがら》が横たわっていた。

足元に男が胡座《あぐら》をかいて、呆《ほう》けた顔をあらぬ方に投げていた。

四人の客が男の廻りに佇《たたず》んでいる。

みな、思いもよらぬ事態に、戸惑い、不安を露わにしていた。

そこへ陸右衛門が戻ってきた。

「今、仏様を誰にも知られずに始末してくれる者を呼ぶ手配をいたしました。家の者には、今夜は宴など開かれず、八百膳の料理も年越しに家の者でいただいたことにするよう、厳命してあります。みなさんはすぐ家に戻り、年の瀬は家でおとなしくすごしたことにしてください。よろしいですね」

陸右衛門は、襖の脇で頭を抱えてうずくまっている清墨の前に膝をついた。

「おまえもわかっているね。今夜のことはなかった。だからなにも起こらなかった。そういうことだ。人に知られないように、おまえもすぐお帰り。あとは任せておきなさい。それからしばらくはここへも顔を出さないほうがいい」

そう言うと陸右衛門は、その夜、清墨が己の思いを断ちきり、精魂を注いで描いた幾枚もの絵を取り上げ、無造作に引き裂いた。

十

「本条さん」

翌日の朝、北町奉行所表門の小門をくぐろうとしていた北町奉行所定町廻り方同心・本条宗利を七蔵は呼びとめた。

訝《いぶか》しげに振り向いた本条へ七蔵は駆け寄り、腰を屈めた。

「久米さんからお聞き及びでしょうが、昨日から清墨殺しの探索に加わることになりました。できるだけお役にたてるように務めさせていただきます」

五十五歳の小太りの本条は、七蔵よりも三寸ばかり背が低い。ぽってり垂れた頬の上の垂れ眼が、七蔵をよそよそしく見上げていた。

「聞いてるよ。上がそうしたいなら、そうするさ。けどよ、今さら隠密が乗り出してきたところで、なにも出てきやしねえぜ。清墨殺しは流しの仕業だ」

「はい。承知しております。気になるのは、本条さんのお見たてでは太刀筋から手を下した者は侍とのことですね。となると食い詰め浪人の仕業か、そうでなければちょっと厄介だ……もう犯人の目星はついているんで？」

「ついているかいないか、今にわからあ。楽しみに待ってな」

「わたしになにか、手伝えることは」

「ひとつある。おれの邪魔はするな。それだけだ」

本条は、くるりと背を向けた。七蔵はその丸い背中に、

「本条さんは、室町の橋屋にお出入りなさってますね」

と、声をかけた。

「おう。それがどうした」

「橋屋の根岸の別荘へのお出入りは……」

「おめえなにが訊きたい。奥歯に物の挟まったような言い方をしやがって。橋屋の別荘へいったのは、清墨殺しの訊きこみで一度いったきりだ。おれが室町の橋屋に出入りしていることが、清墨殺しとなにかかわりがあると言うのかい」

「いえ。そうじゃなく、清墨は橋屋陸右衛門が贔屓にしていた絵師ですから、もしや、顔見知りじゃねえかと思いましてね」

「なにを言い出すかと思ったら、この野郎。いいか、橋屋に出入りしているのはおれだけじゃねえ。ほかにもいくらもいらあ。ちゃんと調べろ」

本条はなじるように言うと、そそくさと表小門をくぐり、姿を消した。

半刻後、七蔵は室町で髪結を営んでいる嘉助を訪ねた。

「こりゃあ旦那。声をかけていただけりゃあ、あっしが伺いましたのに」

若い職人が、客の頭髪を目の細かい櫛《くし》で梳《す》き、垢《あか》起こしをしている。

腰高の障子戸を開けて入ると三尺の土間、続いて三尺の上がり框《かまち》があり、七蔵はその上がり框に腰かけた。

「商売の方はどうだい」

「白い飯をいただけるほどに稼げりゃあ、それで十分でやすから」

「身体の具合は、どうだい」

「身体？　でやすか。そりゃまあ、歳相応に、膝が痛てえの、腕が上がらねえの、ってありますがね。それより、頭の方が呆《ぼ》けちまって」

「そこを申しわけねえが、またちょいと手伝ってもらえねえか」

七蔵と嘉助は目を合わせ、互いに笑みをこぼした。

「ようござんす。喜んで」

「ちっとばかし遠出なんだ。いいかい」

「へい。どちらへ」

「中山道の戸田村だ。左兵衛という百姓がいる。その左兵衛に会って、死んだ倅の話を訊いてきてほしいんだが」

「なんだ。戸田村ですかい。あっしはまた、上方《かみがた》へでものぼるのかと思いやしたよ。戸田村ぐらい、なんてこたあ、ありませんや」

「助かる。こういうことは、嘉助の世慣れた腕が必要なんだ」


その日の昼すぎ、花房町のお甲の裏店では、長唄の稽古《けいこ》にきた松永町《まつながちょう》や八軒町《はちけんちょう》の茶屋の若旦那衆三人が、お甲が弾く三味線《しゃみせん》の婀娜《あだ》な音色を音外れの三味線で追いかけ追いかけ、近ごろ流行《はや》りの新内節《しんないぶし》を廻している。

若旦那衆は、家業は親がまだ元気で切り盛りし、小遣いももらえて暇も適当に作れる三人が、この夏、花房町の裏店で三味線長唄を教え始めた色年増のお師匠さんの色香に惹《ひ》かれて、今日も通ってきている。

その最中、櫺子《れんじ》窓の障子に人影が映った。

「そのまま、続けていておくんなさいな」

お甲は若旦那衆に言って窓の側にいき、障子を三寸ばかり開けた。

すると、縞の半纏《はんてん》と股引に肩には布袋《ほてい》を提げ手拭で頬被りした職人ふうの大柄な男が、日陰になった路地に顔を伏せて佇んでいた。

「誰だい。あたしになにか、用かい」

お甲は、檽子格子越しに職人ふうの男に言った。

「お甲さんに、ちょいと頼みてえことがありやして……」

職人ふうの男が小声で言い、顔を少し上げた。

「あっ」

お甲は小さく声を漏らして、はにかんだような笑みを浮かべた。


同じ日の夜五ツ。上野山下の仏店《ほとけだな》から不景気な面《つら》を下げて出てきた年のころは三十二、三の男がいた。

「勘汰《かんた》さん、お待ちなさいな」

後ろから女の声がかかり、勘汰と呼ばれた男が振りかえると、奴島田《やっこしまだ》に木綿《もめん》絞《しぼ》りの小袖をゆったりと着こなした年のころは二十五、六の細身で中背の年増が、たった今勘汰が出てきた仏店の薄暗い路地から近づいてきた。

「なんだ、お甲さんじゃねえか」

「なんだはご挨拶だね。景気のほうは、どうだい」

「どうもこうもろくなこたあねえよ。お甲さんは上方だって噂を聞いたが、いつ戻ったんだい」

「夏さ。里心がついちまってね。それより、えらく熱くなってたじゃないか」

「見てたのかい」

「ここの胴取りの時三郎《ときさぶろう》さんは昔馴染《むかしなじ》みさ。ちょいと遊ばしてもらおうと寄ったら勘太さんがいたから」

「相変わらず鉄火《てつか》な女だな」

「ふふふ……蔵前《くらまえ》の喜之助《きのすけ》親分さんが勘太さんのことを気にかけてたよ。親分とこでも、だいぶ溜まってるそうじゃないの」

「ちぇ、大きなお世話だ。金なんかねえよ」

「心配しなさんな。勘太さんを見張りにきたわけじゃないからさ」

お甲は、勘太の渋顔を斜めにのぞいた。

「どう、そこらへんで気分直しに一杯。久しぶりだから、奢《おご》らせてもらうよ」

さっきまで時三郎の賭場《とば》で散々やられ、むしゃくしゃしていた勘太は、お甲の艶な脂粉《しふん》の匂いにそそられた。

「そうそう、近ごろは、金杉の橋屋の別荘で奉公してるそうだね」

並んで夜道を歩き始めると、お甲がさり気ない口調で訊いた。

「うん。居つきでよ、もう一年以上にならあ」

「橘屋なら大店だ。金杉のあんな田舎でもさ、いい奉公口が見つかって良かったじゃないか」

「それがよ、主人の陸右衛門は妙な癖のある男でよ。長く奉公してると、あんまり表沙汰《おもてざた》にできねえことがいろいろあるんだな、これが」

「へえ、どんなことさ」

「面白い話はあるが、奉公口に迷惑が及んで奉公をしくじったらまずいしよ」

「そんなふうに言われるとよけい聞きたいね。ちょうどいい。あすこに……」

二人は、池之端に近い縄暖簾《なわのれん》をくぐった。

十一

音三郎と樫太郎は、翌日の朝から根津門前町の絵師、三益屋宗龍を皮切りに、瑞龍軒清墨の宗龍門下当時の弟子仲間らを訪ねていた。

しかし、師匠の三益屋宗龍を始め弟子仲間たちの間でも、抜板の《末摘花》を見た者はいなかった。

弟子仲間の間で清墨については、仲間づき合いを好まず、ほとんど交流が跡絶え、板元などから、清墨が絵師としてやっていけているのは室町の橘屋の後ろ盾のお陰、という噂が広まっているばかりだった。

清墨の兄弟子だったある絵師は、音三郎たちに言った。

「清墨は口減らしで年季奉公に出された百姓の倅というのがずいぶんと引け目だったみたいでした。それでいて気位の高い男で。だから、少しでも早く名を売りたいと、焦っていたんじゃないですか。けどね、簡単に世間の評判はとれるもんじゃありませんからね」

なかには、清墨が暗黒亭黒主という筆名で、稀《まれ》に春本の挿絵《さしえ》や縛り絵を描いて画料を稼いでいる事情を知っている者はいた。

「暗黒亭黒主が清墨であるのは聞いていました。人情本や春画本嗜好の客の間では、暗黒亭黒主の名は、それなりに認められていたようです。でもね、この四月に売り出された絵双紙のことは知らなかったな。となると、清墨の初めての、また最後の双紙ということになりますね」

知っている者でさえそんな具合だったから、宗龍門下の弟子仲間からは、清墨が《末摘花》を描いた背景を探り出すことはできなかった。

その後、清墨とかかわりのあった板元のみならず、訊きこみの先々で得た噂などを手がかりに、本郷《ほんごう》から神田、日本橋の絵師、戯作者などを訪ね廻った。どんな些細《ささい》なことでもと、足を棒にして訊きこみを続けたが、はかばかしい成果が得られないままその日は暮れた。

翌日も朝から薄曇の下を、市谷《いちがや》、四ツ谷、麴町《こうじまち》方面へと足を延ばし、宝仙《ほうせん》という絵師の名を聞いたのは、昼をだいぶ廻って訪ねた麴町の地本問屋だった。

地本問屋の山形《やまがた》屋の主人が去年、宝仙と清墨が山形屋で一緒になった折り、二人を引き合わせたことがあり、以来、二人は交流を続けており、

「宝仙先生なら、なにかご存じかもしれませんよ」

と、主人から教えられたのである。

宝仙は春本の挿絵や縛り絵では暗黒亭黒主よりも好事家の贔屓筋に評判の高い絵師で、住まいは広大な水戸藩上屋敷の樹林を右に見ながら富坂《とみさか》を下った小石川下富坂町の裏店だった。

宝仙は四十半ばの青白い顔に無精鬚を生やした小太りの男だった。

斑《まだら》の猫を膝に抱いて机に寄りかかり、絵に彩色を施していた。

洒落《しゃれ》でなのか、御殿《ごてん》女中が羽織るような打掛《うちかけ》をだらしなく引っかけ、

「こういう物を纏うお局《つぼね》さまなぞを緊縛する絵が、喜ばれましてね」

と、虫歯にやられてまばらな歯を剝《む》き出して笑い、しきりに猫の頭を撫でた。

猫は、客が現れてもふてぶてしく主人の膝で寛《くつろ》いでいた。

音三郎が訪ねた用件を伝えると、猫を抱えて、よいしょと立ち上がり、四畳半の一方の壁を覆った、がらくたの山の中から絵双紙を取り出してきた。

「これだね」

宝仙は言い、《末摘花》を畳に置いて、紙面を静かに繰った。

「……山形屋さんに紹介されてから二ヵ月くらい経った去年の暮れでしたね。偶然日本橋で清墨と出会って、魚河岸の煮売屋で飲んだんですがね。その折りに年明けの早いうちに身を固めるかもしれないという話を聞かされたんです」

「嫁取り、ですか」

「そう。そいつは目出度《めでた》い、相手はどこの人だと訊ねたら、懐から折り畳んだ絵を出して、さる武家の下女奉公をしている女だと話してました。けど、確かに器量は良いが絵に描いていることが却って絵に描いた餅《もち》みたいな気がしましてね。あたしもその場では深く訊ねなかった」

宝仙が次に清墨に会ったのは四月だった。

ある絵師の寄り合いの席に、珍しく清墨が顔を見せた。

顔色が勝《すぐ》れず、酷く憔悴《しょうすい》している様子だった。

軽い気持ちで嫁取りの話を訊ねると、あまり話したがらず、それより、じつはもうすぐまとまった金が入る当てがあるので、金が入ったら上方に絵の修業に出るつもりだとしきりに言った。

嫁取りの話が上手《うま》く運ばなかったから、江戸にはいづらくなったんだな、やはりあれは絵に描いた餅だったんだと、宝仙は思った。

「五月になって、清墨が殺されたと聞いたもんだから本当に驚きました。身を固める話も、まとまった金の話も、上方の修業も、命を取られたらおしまいだからさ。よくよくついてない男だと気の毒に思いましたよ」

「宝仙先生は《末摘花》のことを、知っておられましたか」

「いや。こいつを知ったのはずっと後です。まとまった金の当てとはこの画料のことだったのかと合点しました。でも、抜板でそんなに画料が入るはずはないんだけどね。もっとも、絵師が殺されたということで好事家の間で《末摘花》は密かに高値で取り引きされてるって話です」

「題の《末摘花》の謂れはご存じですか」

「よく知らない。源氏から拝借したってえの？　清墨も洒落たもんだね」

「清墨さんは、《末摘花》は事実をありのままに描いたと言ってます。宝仙先生にここに描かれた女や侍に心あたりはないですか。女たちは、実際にどこかで稼いでる私娼らしいし、たぶんこの、千サツガイ、も本当にあった……」

「そうですね。いやさ、清墨が身を固める相手の女の話をしたでしょう。昨年の暮れに見せられた絵に描いた餅の女と、ここの第壱章に描いてある千というのが同じ女なんです。サツガイ、なんて物騒なこと書いてあるけど」

宝仙は、《末摘花》をつらつら見ながら言った。

「これでも絵師ですから。絵の違いぐらいつけられます」

十二

その昼八ツ（午後二時）、縞の半纏に股引の職人ふうの男が肩に布袋を提げ、本所一ツ目之橋を北に渡っていた。

瘦身の大柄な体軀を縮め、手拭で目深な頰被りをしている。

男は昨日から、江戸の町のどこかで稼いでいる売女の行方を求め、品川《しながわ》から芝《しば》の私娼地や夜鷹の出没する場所を廻り、その日も朝から深川仲町《なかちょう》、御旅所《おたびしょ》に続いて本所一ツ目之橋までできたところだった。

薄雲の間から、日が差したり曇ったりのはっきりしない天気である。

竪川《たてかわ》に架かる橋を渡った男は、橋の東方の堤を下った。

堤下の河岸場のはずれの土手下に、歩みの板を二枚渡しただけの桟橋が架かり、一艘の川舟が舫《もや》ってあった。

桟橋から下手《しもて》に七つ、八つの板や筵《むしろ》で囲った粗末な小屋が流れに沿って固まっていた。

蜻蛉《とんぼ》の群れが、川面《かわも》から岸辺の水草の上を飛び廻っている。

男は、東端の小屋の入口に立ち、粗筵を下げた中の気配をうかがった。

「ご免よ。お初《はつ》さんはいるかい」

女の声で「お入りな」とかえってくるまでに、まどろっこしい間があった。

男は下げた粗筵を一尺ばかりずらし、小屋の中をのぞいた。

畳二枚ほどの地面に、筵を敷き、壁は剝き出しの薄汚れた板だった。

掘《ほ》っ建《た》て小屋には不似合いな衣文掛《えもんかけ》があり、小紋の振袖がかかっていた。

お初は赤い長襦袢をだらしなく羽織り、折り重ねた垢じみた蒲団に寄りかかっていた。

白粉《おしろい》を塗りたくり唇に紅をこってりと引いているが、六十近い年は隠せない。

これが暮れると、振袖を着て手拭で顔を隠し、材木置き場や石置き場、川筋などを徘徊《はいかい》し、精いっぱいの声色を使って客を引き、淫《いん》をひさぐのである。

一ツ目之橋の振袖のお初、と呼ばれている老夜鷹だった。

傍らに煙草盆《たばこぼん》を置いて、鉈豆煙管《なたまめギセル》を燻《くゆ》らせていた。

「三十二文もらうよ。いいのかい」

夜鷹は二十四文が枕《まくら》相場である。

「一本払う。けど客じゃねえんだ」

男は脱いだ草履を懐に入れて中に入り、懐から緡紐《さしひも》でまとめた百文銭を、お初の掌に載せた。だが緡紐でまとめた百文銭一本は九十六文である。

「振袖のお初さんだろう。この川筋のことなら、お初さんにわからねえことはねえと聞いたもんでね」

「あんた、誰さ」

「ここらあたりで、千という女はいなかったかい」

「お千ちゃん？　いたよ。夜鷹にしちゃあ、器量良しだった」

「その千の遠い親戚筋で七蔵ってもんさ。千は何年も前にゆき方知れずになってたのが、風の噂で江戸で身体あ張って暮らしてると聞いてよ。そんなことなら、救い出してやりてえと思って、江戸中の遊び場を訊ねて廻ってたのさ」

お初は男を値踏みするかのように見廻して、緡紐の銭を掌の中で弄《もてあそ》んだ。

「手遅れだったね。お千ちゃんは死んだよ」

「死んだ？　いつ？」

「去年の冬さ。あれは昨年の冬の初めごろだったね。夕暮れどきになると、ときどき、菅《すげ》の一文字笠の町方がひとりでこの川筋に姿見せるようになってさ。ここらへんで稼いでるあたしらの小屋を、一軒一軒のぞき廻って、そいつの眼鏡《めがね》にかなった女を、しょっ引いていきやがったのさ」

「町方？　間違いなく町方だったのかい」

「間違いないよ。見た目は役人らしくなかったけど、紅い房の十手持ってた。鼠《ねず》の野羽織に二本差して、十手で肩をこんなふうに叩きながら、うろついてやがった。最初がおとせちゃんで、次が二ツ目之橋のおれんちゃん、それから去年の暮れが、お千ちゃんだった」

「おとせ、おれん、お千、か？」

「そうだよ。おとせちゃんは隣の小屋にいた女でね。町方にしょっ引かれて戻ってきたのは翌朝だった。顔が痣《あざ》だらけでね、身体中が蚯蚓腫《みみずば》れになってて、あたしが手当てしてやったんだよ。なにがあったんだい、御番所でお仕置きを受けたのかいって訊いても、身体ぶるぶる震わせて首を振るばかりなんだ。喋《しゃべ》ったら、あいつにまた酷い目に遭わされるってね」

お初は、鉈豆煙管で肩を叩く仕種を真似て見せた。

「おとせちゃんは肩の節を痛めてさ、右腕の自由が利かなくなっていたんだ。可哀想に、箸《はし》さえ持てなくされちゃってさ。けど、おとせちゃん、なにも話さないんだよね。よっぽど、恐い目に遭わされたんだね」

一月《ひとつき》がすぎたころ、不気味な一文字笠の町方が夕暮れにまた現れた。今度は二ツ目之橋のれんをしょっ引いた。翌朝、れんは足を引き摺って帰ってきた。とせと同じようにれんも酷い目に遭わされたのに違いなかった。れんは足の筋が切れ、まともに歩けなくなっていた。

やはりれんも、どこでどんな目に遭わされたのか、誰にも話さなかった。

足が不自由になったせいでれんは稼ぎがままならず、頭がおかしくなった。ある日、水を汲《く》もうとして竪川に誤って落ち、溺《おぼ》れ死んだ。

それから間もなく、とせも一ツ目之橋から姿を消した。

その町方が三度目に現れたのは、去年の大晦日の夕刻だった。

一ツ目之橋のあたりを徘徊し、やがて千をしょっ引いていった。

「町方がお千ちゃんをしょっ引いてそこの堤を上っていくとき、おめえが千か。こんなとこに、こんな器量良しが隠れてたとは気づかなかったぜ、とか言ってたから、あいつ、お千ちゃんを知ってたみたいだった。それきり、お千ちゃんは帰ってこなかった。殺されたんだ」

「殺されたと、なぜわかる」

「千住《せんじゅ》大橋の善六《ぜんろく》って、あすこらあたりの元締がいてね。善六はあたしの馴染みさ。その善六が言ってたのさ。去年の大晦日の夜、根岸の橘屋の寮に女の死体をひとつ取りにいったって。橘屋の主人は、誰にも知られずに始末してくれと、大層なお金をはずんでくれたそうだ。死体は間違いなくお千ちゃんだった。お千ちゃんは、善六の仲間の間でも、評判の器量良しだったからね」

「ってえことは、しょっ引かれた先は、根岸の橘屋の寮ってえことかね」

「きっと、そうだよ」

「町方はどんな男だった」

「笠被ってたからよく見えなかったね。ごつい身体と、白目がちな細い目をした気味の悪い男だ」

「ごつい身体ねえ……千には、馴染みはいなかったかい」

「馴染みかどうかわからないが、同じころ、よく通ってくる絵師がいたね。お千ちゃんの絵を描かせてくれって言ってさ。贔屓にしてくれるのはありがたいけど、しつこくて困ると、お千ちゃん笑ってた。でもさ、内心はちょっと嬉しそうだったね」

「その絵師のことはわからねえか」

お初が顔を左右に振ったとき、小屋の外に何人かの人の気配がした。振り向くと、粗筵を払って着流しの背の高い男が、浅黒い顔をのぞかせた。

「おめえ、ここでなにしてんだ」

「へい。お初さんにちょいと遊んでもらおうかなと。もう帰るところで。お邪魔いたしやした。ご免なさい、ご免なさい……」

布袋を手に提げ、懐の草履を取り出して履き、小屋を出ようとした。小屋の外は、右に六人、左に三人の男らが、険しい顔つきでたむろしていた。

「待ちな。てめえ、手拭を取りな」

男が襟《えり》をつかんで、頬被りを毟り取った。

「見たことねえ野郎だ。いいか、ここはな、吉田町《よしだちよう》の辰浪《たつなみ》の頭が差配なさってる一ツ目之橋下の縄張りだ。一度踏みこんだら簡単には出られねえんだよ」

男の凄《すご》んだ目と、七蔵のきりりと強い眼差しが合った。

「はは、ご冗談を。お兄《あに》いさん、どうぞ、この手をお離しいただきやす」

七蔵は襟を離さない男の手首をつかみ、ぎゅっと握り締めた。

男は思いもよらぬ強い握りに顔をしかめ、「この野郎」と蹴《け》りを入れた。

七蔵は身体をひねってその蹴りを外し、男の身体を後ろに突いた。

「な、なんでえ」

突かれた男は身体の均衡を崩し、数歩よろけた。

それから、わっ、とひと声喚いて堪え切れずに竪川に落ちたから、たむろしていた男たちは、一瞬の出来事に啞然《あぜん》とした。

「てめえっ」

男たちは、はっとわれにかえって七蔵に向き直り、匕首《あいくち》を抜いた。

いきりたって左右から襲いかかってきた。

七蔵は布袋を振り上げた。

最初に飛びこんできた右側の男の顎を打ち上げ、わずかに遅れた左側の二人の男の鼻っ柱と首筋に布袋を続けて見舞った。

「あいいい」

鼻っ柱を潰《つぶ》された男は木が折れるように倒れ、首筋を打たれた男がうずくまると、瞬時に布袋を右にかえして四人目のこめかみを痛打した。

四人目はお初の隣の小屋の板壁を突き破って飛びこみ、支えを失った葦簾《よしず》の屋根が、白い埃を舞い上げて落下した。

即座に左へ大きく踏みこんで、うろたえる男の膝頭に布袋を叩きこんだ。

男は膝頭を砕かれ絶叫し、土手の水草の間へ転がった。

五人が瞬く間に打ちのめされたから、残りの四人は怯んだ。

七蔵がくるりと振りかえると、「ひええっ」と慌てて、互いにぶつかりもつれ、ひとりが弾みを食らって川に落ちた。

裂けた袋の中から、黒い一尺七寸の鉄棒が顕《あら》われていた。七蔵が鋳物屋《いものや》に特別に注文して作らせた武器である。

最初に川に落ちた着流しがようやく堤に這い上がってきた。

片肌を脱ぎ、びしょ濡れの二の腕から、胸、背中にかけて彫物がびっしりと覆っている。

「てめえ、た、ただじゃあ、おかねえ」

手に匕首を握り、喚きながら顔を怒りで歪めた。

「兄い、まずいよ。こいつ、夜叉萬だぜ」

そのとき、若い男が彫物の兄いにささやいた。

「やしゃまん？」

「辰浪の頭のとこにもきたことがあるぜ、こいつ。ほら、北町の同心で……」

兄いは憎々しげに顔を顰《しか》め、かあっ、と唾を吐いた。

「ちぇっ、人が悪いぜ。それならそれと、最初に言やあいいじゃねえか」

小屋からぞろぞろ出てきた襤褸《ぼろ》を纏った住人たちに吐き捨てた。

「あとで人を寄越すからよ。こいつらこのまま打っちゃっとけ。やってらんねえや。おう、帰《けえ》るぜ」

川の中で杭《くい》にしがみついたひとりを助け出し、男らは堤を上っていった。

お初が鉈豆煙管を持ったまま、倒れた男らの顔をのぞいて廻った。

「やっぱりね。変だとは思ったんだ。お千ちゃんの親戚筋なんてさ」

七蔵は鉄棒に手拭を巻き、帯の後ろに挟んだ。

「あんたが夜叉萬だね。聞いてるよ。北町の極悪役人だって。けど強いねえ。惚《ほ》れぼれするよ。いいさ、極悪役人でも。その腕っ節でお千ちゃんたち三人の敵《かたき》を取っておくれ。相手が町方だからって、容赦しちゃあいけないよ」

お初は煙管を指先でくるくる廻し、晴ればれとした顔で七蔵に笑いかけた。

「それからさあ、お千ちゃんの馴染みの絵師の名前だけど、町方がお千ちゃんをしょっ引いていくとき、おめえがせいぼくのお気に入りかって言ってた。今思い出した。確か、せいぼく、だった」

十三

暮れ六ツ。鎌倉河岸の小料理屋《し乃》の奥の四畳半に、七蔵、音三郎、樫太郎、室町の嘉助、そして、お甲の五人が顔を揃えた。

今日が初顔の音三郎を嘉助に引き合わせ、燗酒《かんざけ》の銚子《ちょうし》と肴の小鉢の載った銘々の膳が運ばれてきたところだった。

「お話がすみましたら、お声をかけてくださいませ」

女将《おかみ》の篠が、七蔵に微笑みかけて座敷を出ると、

「じゃあ、酔っ払っちまう前に、あっしの方から先に」

と、嘉助が慣れた様子で切り出した。

樫太郎はすでに矢立《やたて》の筆と帳面を手にしている。

「まず、戸田村に清墨の父親の左兵衛の話を聞いてめえりやした。左兵衛の話では、倅の清墨に金の都合を頼んだことはこれまで一度もねえそうです。口減らしに年季奉公に出した倅が瑞龍軒清墨と名乗って、曲がりなりにも江戸で絵師として身を立てていたことが随分自慢だったと、語っておりやした。と言って、倅がどんな絵を描いて、どんな暮らし向きだったか、もちろん、贔屓の橋屋とのつながりも皆目知っちゃあおりやせん。知っているのは、上野の新黒門町の裏店に、三十半ばまで独り身で暮らしてたってえだけで……」

嘉助は手元の帳面へ視線を移し、また七蔵に戻した。

「ただし、去年の秋、一度だけでやすが、来年、つまり今年の早いうちに身を固めるつもりだと手紙に書いて寄越したそうでやす。どこのお屋敷か詳しく書いていなかったそうでやすが、相手は武家屋敷に奉公している器量良しで、そのうち女を連れて戻るとあったのが、それきり年が明けても音沙汰がなく、次にきたの

が新黒門町の家主からの、倅が死んだという知らせだったと」

「嫁取りね……ふむ、お甲、橘屋の別荘のほうはどうだい」

「はい。これは別荘で下男奉公を務める、勘汰という男から聞いた話です」

お甲は静かな声で話し始めた。

「五月のあの日、昼間は雨で、清墨が寮に姿を見せたのは日暮れになって雨が小降りになったころでした。陸右衛門と清墨は上方で修業がどうのこうのと声をひそませて話しこんでいたそうです。以前はお気に入りだった清墨が、去年の暮れ以来、久しぶりに姿を見せたのに、主人が酷く不機嫌な様子だったのや清墨の顔色が悪かったのが、なにやらこみ入った事情がありそうだと、勘汰は思ったと言っておりました」

そこへ五ツすぎ、郡内縞の着流しの侍が現れた。

侍が現れると、陸右衛門は母屋の座敷に清墨を待たせ、今度は離れの茶室の方で侍と、ひそひそと話に耽《ふけ》った。

その夜、勘汰と二人の下女は五ツ半ごろ、それぞれ寝床についた。

だが夕方まで降った夏の雨の名残《なごり》で寝苦しく、なかなか寝つけなかった。

四ツをいくらかすぎたころ、勘汰は水を飲みに台所へ立った。

と、土間の窓から暗い庭を離れの方にいく郡内縞の侍姿がちらと見えた。庭に出てみると、離れにはまだ灯りが灯っていて、離れに入っていく陸右衛門と侍らしき影が見えた。

陸右衛門がまだ起きていたことや、侍がどこかから戻ってきたふうだったのが勘汰は少し気になった。

翌日の朝、清墨が別荘からの帰りの坂本で殺された昨夜の事件を知った。

すると昼前、陸右衛門に下働きの三人が呼ばれ、昨夜、清墨が斬られた詮議がいずれあるだろうが、関係のない橘屋の客に差し障りになるかもしれないので、昨日は清墨以外に客はなかったと応えるようにと釘を刺された。

勘汰は却って妙に思った。

陸右衛門の言う客が夕べの侍を指していることは明らかだったし、夕べ遅く外から戻ってきたふうの侍の行動が不審に思えたからだ。

寮では、去年まで毎月、一度か二度、橘兆亭と名づけた離れの茶室で、橘兆亭の風流講という奇妙な宴が開かれていた。

その宴のときは、勘汰ら下働きの者は一切離れに近づいてはならないと厳命され、陸右衛門と絵師の清墨以外は、客の名前も身分も正確な数も勘汰らには知らされなかった。

「で、ここからちょいと、こみ入りますが……」

とお甲は、続けた。

「去年の大晦日の夜、橘兆亭の風流講が離れで催されました。その日勘汰らは、年越しの仕度を宵のうちにすませ、下女の二人は正月休みを一日もらって実家に戻り、勘汰ひとりでした。勘汰は、その夜の風流講にどんな客がきたかも気にかけないまま、年越しの蕎麦を食べて下男部屋で燻《くすぶ》っておりました」

みながお甲を見つめている。

「ところが夜更けて四ツごろ、陸右衛門が下男部屋へ突然現れて、今すぐ千住大橋の善六の小屋へいって、金になる仕事があるから荷車を用意して二、三人引き連れ大急ぎでくるように伝えてくれと、言いつかったそうです」

その折り陸右衛門から、今夜の宴はなかったことにするように、客に用意した八百膳の仕出しは家の者でいただいたことにしてくれと、勘汰は三両もの小判を渡された。

千住大橋の善六の小屋まで駆けて半刻ほどで別荘に戻ってくると、陸右衛門は、あとはこちらでやるからもう休むように、しばらく騒がしいかもしれないが絶対顔出しはならん、と勘汰に命じた。

しかし勘汰は、三両もの大金をもらったことに好奇心をそそられ、様子をこっそりうかがっていた。

ほどなく善六が三人の手下を連れて現れた。

陸右衛門が善六たちを離れに連れていき、やがて、筵でぐるぐる巻きにして荒縄で縛った人の死体らしき物を、善六たちが運び出していった。

「風流講の客はもう引き払っていて、陸右衛門ともうひとり、男が立ち会っていましたが、それがその五月の夜の侍だったそうです。筵に巻かれた死人《しびと》が運び出された大晦日の夜にあの侍がいて、絵師の清墨が夜道で斬られた五月の夜もやはりあの侍がいたと、それで不審でならなかったと言っておりました」

「侍が誰だか、わかるのかい」

「いえ……ただ、勘汰が言うには、町方のお役人かもしれない、と」

「なぜだ？」

「髷です。八丁堀のお役人がよくやる、小銀杏に刷毛先を軽く広げた粋な頭。旦那もやってらっしゃいますね。そういう髷だったそうです」

七蔵は二度、三度頷き、小銀杏を撫でた。

お甲に続いて音三郎が凜《りん》とした口調で、清墨の宗龍門下時代の弟子仲間や、清墨とかかわりのあった板元や絵師、戯作者、書肆《しょし》を廻り、最後に下富坂町の絵師、宝仙を訪ねた昨日から今日までの聞きこみの報告をした。

「旦那、これはいってえ、どういうことですかい？」

音三郎の報告が終わると嘉助が言った。

そうだな——と七蔵は一同を見廻した。

「橘兆亭の風流講とは、実態は男と女の房事《ぼうじ》や縛られた女が折檻される余興を酒の肴にして享楽に耽る、そういう嗜好を持った金持ち仲間の秘密の宴なんだ。清墨は、橘兆亭の風流講の余興を絵にするために、陸右衛門に雇われた絵師だ。清墨が《末摘花》で描いた、千、とせ、れんの三人は本所の夜鷹で、宴の余興に連れてこられた女たちだ」

「本所の夜鷹か」

「連れてきたのは、下男の勘汰が見た侍、つまり町方役人に間違いない。たぶん、その町方も風流講の仲間で、しょっ引くふりをしてかどわかした」

七蔵は思案しているときの癖で、しきりに顎を撫でた。

「清墨は、去年のいつごろかわからねえが、一ツ目之橋の千の客になって惚れちまいやがった。千は夜鷹だが器量良しだった。たぶん清墨は、千のことを陸右衛門に話したんだと思う。一ツ目之橋の夜鷹だと正直に話して、嫁にするつもりだからよろしく頼みますとか言ってな」

「なるほど。それを風流講の町方が聞きつけたんでやすね」

「ふむ。おそらくそいつは、風流講の余興に女をいたぶって客に供する役割だった。物色していた女が竪川筋の夜鷹だったから、どんな女かと探したら確かにいい女じゃねえか。そんないい女ならと、千をしょっ引いた。だがもしかしたらそれは、陸右衛門の差し金だったかもしれねえ。清墨の惚れた女を本人の目の前でいたぶるなんざあ、連中にとっちゃあ面白い余興だろうからな」

ふうん——と嘉助がうなった。

「それが去年の大晦日だ。ところが、風流講の座興がすぎてそいつは千を殺しちまった。清墨はその一部始終を見てたはずだ。さぞかし辛かったろう。清墨がそいつのやったことを忠実に絵に起こして、絵双紙《末摘花》にしたのは、惚れた女を目の前で殺された清墨にできるたったひとつの、仕かえしだった。おめえの本性をこの《末摘花》で世間に暴いてやるぜってな」

「なるほど。コノ侍、凶暴ニツキ、でやすね」

「そうだ。五月のあの日、そいつはたまたま寮にき合わせたんじゃねえ。おれが思うに、陸右衛門がそいつをこっそり寮へ呼んだんだ。二人は示し合わせて清墨の始末を《末摘花》が売り出されたときから企てた。あいつらは《末摘花》が売られているのを知って驚いた。このままほっといたら、どんなまずい立場に追いこまれるかわかりゃあしねえと恐れた」

「それで清墨の口封じを図った、か」

「ところで清墨があの日、なにが目的で別荘にいったかは明らかだ。清墨は、《末摘花》をねたに陸右衛門を強請りにいったんだ。千のことを忘れるため、江戸を離れて上方に修業にいくから金を出してくれと言ってな。陸右衛門は清墨に二十両用だてたと言ったが、俺はそんなもんじゃねえと思ってる」

「旦那、ここだけの話、その町方の目星はついているんでやすか」

嘉助が言った。

「もしかして、末、が……」

音三郎がぽつりと言った。七蔵は音三郎と目を合わせた。

十四

橋屋陸右衛門は、右手に三方《さんぽう》を捧げ、白い小石を敷き詰めた庭の敷石を踏んで、池に架かる下野大田原《しもつけおおたわら》から取り寄せた自然石の橋を渡った。

「風流な石橋でげすな」

戯作者の平戸順四郎が言っていた。

なにが風流だ。風流などもうこりごりだ。

釣瓶《つるべ》落としの秋の日が、西の空を茜《あかね》色に染めている。

数寄屋造りの離れは清墨が殺された五月以降、閉じたままである。

屋敷と離れと孟宗竹に囲まれて外からは見えにくい観音堂がある。

陸右衛門は、離れの裏手の観音堂へ廻った。

両開きの蔀戸《しとみど》を開けた。

堂内は十六畳ほどの広さの板敷になっており、薫香《くんこう》が仄《ほの》かに漂い、正面に日本橋の仏師、衆光《しゅうこう》に彫らせた観音菩薩《ぼさつ》像が鎮座している。

慧念、知覧、延能が左手の板壁を背にして目を閉じ、座禅を組んでいた。

経を読誦《どくじゅ》する地のうなりのような低い声が、三人の間から流れていた。

そして、頰髯を伸ばした慧念の前に正座すると合掌し、頭《こうべ》を垂れた。

「慧念さま、知覧さま、延能さま、ご修行中お邪魔いたします。本日は、みなさまの常日ごろのご修行のお骨休めと、手前どもにご逗留いただいておりますお礼に、ささやかではございますが、酒肴《しゅこう》をご用意させていただきました。つきましては、本日のご夕食は、こちらではなく、母屋の方にお運びいただきますよう、お願い申し上げます」

陸右衛門は合掌をとき、三方を慧念の前に差し出した。

三方には伊予紙《いよがみ》に包んだ二十五両包が三つ載せてある。

「このような形で失礼ではございますが、なにとぞ、お納めくださいませ」

長年の遍歴で凄まじいまでに無駄な肉を殺《そ》ぎ落とし頰髯を伸ばした慧念が、読誦を終え、顔を上げて目を見開いた。

鋭い眼光が、修行僧の厳《おごそ》かな表情を、荒くれた野人のそれへと次第に変貌させていった。

「ご報謝、ありがたくお受けいたす」

慧念が、低く嗄《か》れた声で言った。

老成して見えるが、慧念の年のころはまだ三十七、八。知覧、延能にいたっては二十五、六だった。

「われら、修行に励み、座禅に励むは、わが心を仏と信じ、真実の自己に目覚め、常に脚下《きやつか》を照顧《しようこ》し、生かされている己を感謝しつつ、世のため人のためにつくすを本旨《ほんし》といたす者。このご報謝に、われらはなにを以《もつ》て報いればよろしいのか、お聞かせ願いたい」

「早速のお言葉、いたみ入ります。難しい相手でございます。手前どもにいらぬ詮索を仕掛けております八丁堀同心でございます」

慧念はすぐには答えず、わずかに首を傾げた。

「先日、当屋敷に参っておった同心ですな？　となると主殿《あるじどの》、これは手付けと考えてよろしいか」

「はい。ごもっともでございます。ことが成りました暁《あかつき》には、もう二十五両ずつ、ご用意させていただきます。それと、今ひとり」

陸右衛門は袖の中から、さらに三つの二十五両包を取り出し、三方に重ねた。

「八丁堀同心、末長賢久を……」

と聞いて、慧念ばかりか、知覧と延能も陸右衛門を見た。

「異なことを承《うけたまわ》る。末長殿はわれらと主殿を引き合わせた方。なにゆえに」

「末長がいることで、こちらの身があやうくなりましてございます」

「しかしながら、町方となると、あとの詮議が厳しくなりますぞ」

「いたし方ございません。明日夜、末長がこちらに参ります。その折り、みなさまで。亡骸はわたしどもで、人知れず処置いたします」

知覧と延能が顔を見合わせた。

「瑞龍軒清墨殺しの探索の手が迫っていることを知った末長は、もはやこれまでと、探索追及の町方を殺し、己は江戸から姿を晦《くら》ませる。明日の夜は、末長は路銀を調達にこちらへきたが、わたしどもはそういうこととは露知らず、お金をご用だていたした次第というふうに、申し開きをいたします」

慧念は、静かに頷いた。

「ではかの町方は、明日、夕刻までには」

「ところで慧念さま、手前はまだ、皆さまの腕前を存じ上げておりません。お力添えをいただくにあたり、その一端なりとも、拝見させていただきたく、お願い申し上げます」

陸右衛門の申し入れに、慧念が延能に目配せした。延能は頭を垂れた。

「主殿、よおく見ておられよ」

延能が首から数珠代わりの鎖と分銅を両手で外した。

と、右手がさりげなく鎖の周囲を撫でたかに見えた。

延能がなにをしたのか、よくわからなかった。

刹那、堂内の空を切って鎖が空を飛び、先端の分銅が蔀《しとみ》の開き戸を激しく叩いた。

砕けた木片が飛び散り、蔀の戸が勢いよく開いた。

戸の外に立っていた下男の勘汰が、悲鳴とともに堂から転がり落ちた。

「勘汰、そこでなにをしている」

「お、お助けを……お蔦さまが、や、八百善から料理が届いたと、旦那さまにお知らせするようにとのことで、参ったところでした。い、いったいなんでございますか、今のは……わたしはもう寿命が縮みました」

勘汰が尻餅をついて言った。

陸右衛門は、ははは……と笑いながら振りかえり、静かに座禅を組んでいる三人の雲水を見やった。

十五

「千は器量良しだったでな」

千住大橋の善六が煙管をふかしながら言った。

昼前から降り始めた秋の冷たい雨が、軒下の泥濘《ぬかるみ》に水飛沫《みずしぶき》を上げていた。

「お初の小屋へ遊びにいったとき、千がいたから顔は忘れねえ。おらあ千が良かったが、お初が焼餅を焼くもんで、お初で我慢したんだ。ははは……」

「仏の様子は、どうだった」

「首に締められた跡が残ってた。魚みたいに目え剝いて、舌ぁ出してたな」

「陸右衛門たちは、死に顔を直してやらなかったのかい」

「ほったらかしだった。んだから、おらが瞼《まぶた》閉じて、舌ぁ仕舞って口閉じてやった。そしたら器量良しになってよ」

女と幼い子供らが、土間で荒縄を綯《な》っていた。

七蔵は板敷の囲炉裏を挟んで善六と向かい合い、音三郎と樫太郎は雨の飛沫を避け、開けたままの戸口から離れた土間の板壁を背に立っていた。

「陸右衛門は、なにか言ってたかい」

「死体を誰にも見られねえように始末してくれと、それだけだ」

「仏はどう始末した」

「夜が明ける前の暗いうちに、成仏するんだぞと言い聞かせて、大川に流した。それきりだから、千はきっと成仏したんだ」

人知れず、この世から消し去られた千が哀れだった。

「橘兆亭には陸右衛門のほかに、誰かいたかい」

「侍がいた。酒飲んで、酔っ払ってた」

「どんな侍だった」

「狐目の恐い顔した旦那ぐらいの大きな男だった。名前は……」

「え？　名前がわかるのかい？」

「わかるよ。陸右衛門がたしなめてた。すえながさん、いい加減にしなさいってよ。ありゃあ、役人だった。赤い房のついた十手出して、おらが千を筵でぐるぐる巻きにするのを、にやにや笑って見てやがった」

「すえなが、陸右衛門は、すえなが、と言ったのかい」

「言った。陸右衛門は二回言った。すえながさん、十手をしまいなさい、みんな恐がってます、ってよ。とんだ役人がいたもんだ。ははは……」

外は雨脚が強くなっていた。

「邪魔したな」

しげしげと七蔵を見上げた土間の子供たちの頭を、七蔵は撫でた。

樫太郎は黙って菅笠の紐を結んでいる。

堤下の善六の住居から、降り注ぐ雨に濡れた千住大橋の連なった太い杭が、黒ずんで見えた。

岸辺の葦の陰に数艘の川舟が係留してあり、遠くで雷鳴が轟《とどろ》いた。

「音さん、清墨が《末摘花》にこめた意味がとけた」

七蔵が横で菅の笠を被っている音三郎に言った。

「末長という人を、ご存じなんですね」

「昔、世話になった」

七蔵は廻り方の一文字笠を被った。

《末摘花》の末は末長の末だ。花は三人の夜鷹、末長が摘み取った花だ」

末長賢久——七蔵の脳裡に、憧憬《どうけい》と畏敬《いけい》を抱いた男の記憶が甦《よみがえ》った。

二十七年前の安永八年（一七七九）春、十三歳の七蔵は、元八丁堀同心の祖父、萬清吾郎を後見人とし、一番組頭、神保《じんぼ》隆成《たかなり》から、当時の一番組同心支配役与力、佐々木《ささき》籐史郎《とうしろう》への口添えで北町奉行所無足見習に上がった。

与力同心は一代抱えであったから、世襲ではない。

しかし、与力同心の子は十三、四歳になると無足見習に上がり、それを経《へ》ていずれ父親の跡を継いで与力の子は与力に、同心の子は同心に番代りする。

末長賢久は、当時、七蔵より十三歳上の本勤を拝命したばかりの二十六歳。頬骨の高い厳しい面差《おもざ》しに、吊り上がった一重の目は鋭く、長身の体軀に溌剌《はつらつ》とした黒羽織姿が、いかにも若き同心らしく惚れぼれさせる風貌だった。

神田明神下は同朋町の一刀流富田道場では屈指の使い手と評判で、七蔵が富田道場に通うきっかけになったのも、末長の評判を聞いていたからだ。

末長の風貌は、重たく張り詰めた奉行所にあって異彩を放って見えた。

十三歳の七蔵が、同心として、侍として、憧れと畏敬をかきたてられた最初の男だった。

末長に初めて声をかけられたときのことを、今でもよく覚えている。

ある日の昼刻、数年前の御仕置済帖を探しておいてくれと神保に命ぜられ、例《れい》繰方詰所《くりかたつめしょ》で探していたところへ、見上げるほど背の高い末長賢久が現れた。

「よう。七蔵さんじゃないか」

末長はざっくばらんな口調で言い、さわやかに笑いかけてきた。

七蔵が頭を下げると、傍らにきて棚の上の御仕置伺帖を手に取り、中を捲《めく》りつつ言った。

「勤めは、慣れたかい」

七蔵は緊張して、大きな声で「はい」とこたえた。

「わからないことがあったら、遠慮なく訊いてくれ。おれもあんたの親父さんの忠弼さんには大変世話になった。忠弼さんはおれの目標でもあったんだぜ」

そんなふうに父のことを言われたのは、初めてだった。

「七蔵さんも富田道場だったな。同門だ。今度、稽古をつけてやるよ」

たったそれだけだったが七蔵は嬉しかった。

畏敬を抱いていた末長賢久に、弟分にしてやるよと言われたように思った。

それがあってから、富田道場にいくと必ず末長に稽古をつけられた。

末長の稽古は、十三歳の七蔵に容赦なかった。

しかし七蔵には、その容赦ない末長の稽古が却って頼もしく映った。

年ごろになり背丈が伸びるに従い、七蔵の剣の腕が見る見るうちに上達した要因のいくらかは、末長の容赦ない稽古に与《あずか》るところがあったかもしれない。

十六歳のとき七蔵の背丈は末長に並び、道場で大柄な二人の申し稽古が始まると、熾烈《しれつ》な打ち合いにほかの門弟たちが息を吞んで見守るほどになった。

七蔵は十六歳にして、道場屈指の使い手、末長と互角、ときにはそれ以上に打ち合えるほどの技量に達していた。

また末長には、剣術の稽古ばかりでなく、酒と女の稽古もつけられた。

末長に誘われ、吉原《よしわら》の大門《おおもん》を初めてくぐったのは十六歳の正月だった。

「酒は下り酒、灘《なだ》の生一本《きいっぽん》の舌触りがたまらねえ。けど男なら酒に吞まれちゃならねえ。女にも惚れちゃあならねえ。惚れさせるのが男ってえもんだ」

などと言う末長の見え透いた気障《きざ》ぶりが、七蔵には不良の兄貴からわくわくする男らしさを伝授されたふうに頼もしかった。

七蔵は、御番所の勤めでも富田道場でも遊興においても、兄貴分と弟分の契りを交わした気になっていた。

しかし、七蔵が十六歳の師走だった。

例年師走のその日、富田道場では道場主・富田玄右斎《げんうさい》の前で師範代候補を選抜する試合が行なわれることになっていた。

その候補に選ばれることは、次期師範代として約束された最高の名誉であり、江戸の剣術界でも、富田道場次期師範代として、名が通ることになる。

その年、試合に臨む候補に末長が選ばれ、道場の誰もが順当だと思った。

ところが末長の相手に弱冠十六歳の七蔵が選ばれた。

いくらなんでも十六歳の七蔵では、という雰囲気が道場にはあった。

七蔵自身も、負けて元々、兄貴の胸を借りる意気ごみで末長に挑んだ。

ところが試合は、七蔵が三本勝負の二本を取って呆気《あっけ》なく勝った。

末長の剣技にまるで手応えがなかった。

稽古のときの打ち合いとは違う真剣な試合の場になって、いつの間にか七蔵が末長を凌駕《りょうが》していた技量の差が、そのときあからさまになったのだ。

年が明けた一月、末長は、町方役人の勤めを理由に富田道場から去った。

時期としてはそのころから末長は、御番所でも、組屋敷のある町内でも、またどこでも、七蔵が挨拶をしても軽く頷くだけで、言葉を交わさなくなった。

なんとはなしに七蔵を避け始めた。

ただ七蔵自身も、末長との間に溝ができたことにより、末長との気質の違い、人としての性根《しようね》の違いを感じるようになっていた。

憧れを抱く少年から、大人へと成長していく息吹が芽生えていたのである。

あれから歳月は流れた。

末長は定町廻り方に三十九歳で就き、経験を重ね、貫禄もつき、五十三歳となった今では、名の売れた北町奉行所同心のひとりである。

七蔵が末長と顔を合わせる機会も少なくなっていた。

それでも七蔵にとって末長は、祖父・清吾郎と二人きりの寂しい日々の中で、多感な少年が亡き父・忠弼に代わるなにかを末長の姿に追い求めた、憧憬と畏敬の念を今でも甦らせる、男の中の男だった。

十六

雨の大川堤に出た。

堤を上がると、七蔵を先頭に、音三郎、樫太郎と並んで土手道を千住大橋の北詰めに向かった。

千住宿の家並みは雨に煙り、堤の河岸場に店を構える材木問屋にも人影は消えていた。

なだらかに反った橋が、隅田川をひと跨《また》ぎしている。

橋の南詰め、小塚原町《こづかっぱらちょう》の方は靄《もや》がかかり、くすんでいた。

川面は水嵩《みずかさ》が増し、茶色く濁っていた。

日光街道、水戸街道と佐倉《さくら》街道につながる大橋に、旅人の姿ひとつなかった。

空には黒い雨雲が、低く垂れこめている。

遠くでまた、雷鳴が轟いた。

土手道から濡れそぼつ橋の北詰めにさしかかったちょうどそのとき、南詰めより、饅頭笠に墨染めの衣の雲水が三体、一列に大橋へかかるのが見えた。

雨音に混じり、雲水の持つ錫杖が、儚《はかな》げに、かすかに響いていた。

七蔵は、右手の欄干の側を歩み始めた。

速くもなく、遅くもなく、しかし歩みは速やかだった。

橋の長さ六十六間（約一二〇メートル）、幅およそ四間（七メートル強）、雲水たちは橋の中央をこちらに向かっている。

先頭の雲水がつく錫杖の、しゃらん、しゃらん、と鳴る物寂しい金環の触れる音が、次第にはっきり聞こえてきた。

前の二人は背が高いが、後尾の雲水が被る饅頭笠は、前の二人の肩ほどの高さしかなかった。

半間ほどの杖を持ち、上端が数珠のように首に提げた鎖とつながっていた。長い遍歴で鍛えた足が、橋板を力強く踏み締めている。

七蔵は後ろの音三郎に歩みを止めずに言った。

「すまねえ、音さん。様子が変だ。嫌な予感がしてならねえ。あんたは樫太郎と一緒に橋の袂《たもと》に下がってくれねえか」

「いえ。わたしもいきます。ここで下がるわけにはいきません」

音三郎も錫杖の音とともに迫ってくる、荘厳さと魔物めいた邪悪さを併せた得体の知れない幻気を感じ取っていた。

「そうかい。なら力を合わせるか。あいつらが仕掛けてくるなら、狙いはおれだ。二人がおれの正面からきてひとりが後ろに廻ろうとするだろう。音さんは後ろに廻るやつを倒してもらいてえ」

「心得た」

「樫太郎。おめえは橋の袂に戻れ。おれの命令だ」

七蔵が立ち止まり、振りかえって厳しく言った。

音三郎は袴《はかま》の股立《ももだ》ちを高く取り、刀の鯉口《こいぐち》を切った。

二月《ふたつき》前、紅組との死闘で初めて人を斬った。

その折りの滾《たぎ》る高揚、身体が震える緊張が甦った。

一方で音三郎は己自身が冷ややかに、僧たちとの距離を計っていた。

心のありようが、根付を彫っているときと変わらなかった。

錫杖を鳴らす僧の集団は見る見る接近してくる。

僧たちの饅頭笠が、降り頻《しき》る雨の飛沫を散らしていた。

両者が八間ほどの距離まで迫ったとき、先頭の僧の錫杖がさざ波を打った。

それを合図に、後ろの二人が先頭の僧の左右に散り、七蔵を先頭にした音三郎たちの歩みを阻むように、橋幅の横隊に展開した。

距離四間まで近づいた。

「南無《なむ》」

突然、左の欄干側にとった短軀の僧が身体を前屈みに縮め、橋板を激しく蹴り出した。

音三郎たちの傍らを一気に駆け抜け、背後に廻ろうと図った。

きた――と瞬時に音三郎の痩身が躍動した。
橋の左手に走り、僧を迎え撃った。
関ノ兼氏を抜いた。
雨を断って僧の饅頭笠へ打ち落とした。
「たあっ」
一撃は饅頭笠を一寸ほど裂いた。
僧は野猿のように俊敏《しゅんびん》に真横に飛び跳ね、六角棒で音三郎の大刀を払う。
即座に、右手の鎖の束を向き直った音三郎の顔面へ放った。
分銅が飛び、鎖の束は一筋の自在に変化する槍《やり》となって右頰を掠める。
音三郎は身体を折り畳んで分銅を避け、逆襲を試みる。
一瞬早く、僧が鎖を縦横に回転させ、打ちこむ動きを封じにかかる。
その俊敏さに音三郎は遅れた。
僧が左に握る六角棒は、仕こまれた刀身を雨の中に剝き出していた。
短軀怪異な僧の顔面に、人の表情が見えなかった。
鎖と分銅が高く低くうなりをあげ、突然、薙刀《なぎなた》のように頭上へ降ってきた。
咄嗟《とっさ》に、分銅のくる右へ避けたことが、一撃から救った。

分銅は橋板上を打ち跳ね、即座に僧の手元へ引き戻される。

次の瞬間、息もつかせず大きな弧を描いて左側頭部を襲ってくる。

分銅が吠え、右に体を伏せたこめかみの皮膚を裂いた。

ぴっ、と鋭い痛みが走り、音三郎は体勢を崩した。

音三郎は転がり、二の手三の手と繰り出される攻撃に、打ちかえす間もなく欄干に追い詰められた。

僧は鎖の回転に加速を加え決定的な痛打を見舞うべく、次々と速射を浴びせてくる。

そのとき、二人から離れた橋の途中で樫太郎が、虚空《こくう》に叫んだ。

「御用だっ」

天空に響いた声が、刹那、僧の動きを躊躇《ためら》わせた。

一瞬の隙が生まれた。

うなりをあげて襲いかかる分銅の軌道が、音三郎に見えた。

があん……

剣が分銅を捉《とら》え、鮮やかに撥ね上げた。

分銅が欄干に当たり、木組の縁にからからと絡んだ。

僧が鎖を引き、絡まった分銅を外そうとする瞬時を逃さず、左手で鎖をつかみ取り、片膝立ちに鎖を二重三重に手首へ巻きつかせた。

僧と音三郎双方が鎖を手繰《たぐ》り合う。

二人の動きが止まった。

が、そのとき、僧は攻撃の手を変化させた。

音三郎の鎖を手繰る力に乗じ、高々と身を空中に躍らせ逆襲に転じた。

「破《は》っ」

僧が叫んだ。

中空から浴びせかけるひと太刀に、音三郎の動きは間に合わない。

僧は音三郎のかざす剣を空中で払い、そのまま俊敏な一撃を見舞った。

刀身は音三郎の左手首へ、容赦なく打ちこまれた。

七蔵は、左の延能が駆け出し背後に廻る瞬間を捉え、刀を抜き放ちつつ橋の右の知覧の脇を走り抜け、逆に慧念と知覧の背後に廻ることを図った。

知覧は六角棒に仕こんだ刃渡り二尺七寸の刀身を抜き放ち、諸手《もろて》かぶりで上段から斬りかかった。

七蔵は、左、右と体を翻し、知覧の脇をすり抜けながら胴を払う。

が、慧念の錫杖に傍らから打ちこまれ、それを阻まれた。

慧念は後ろへ廻ろうと図った七蔵を阻止《そし》するため、南詰めへ疾駆する七蔵の左斜め前方を併走した。

知覧は七蔵を逃がすまいと、真後ろより追走してくる。

橋板が轟き、錫杖の音が逃げても逃げてもすがりつく夢魔《むま》のように、七蔵の耳に絡みついてきた。

雨の水飛沫が、前を走る慧念の全身を包んでいる。

実戦で鍛え上げ研《と》ぎ澄ました痩軀は、七蔵の前に悠々と廻りこむ気配だった。

三人は大橋を走りすぎ、橋の南詰めから街道沿いに軒を連ねる小塚原町の最初の辻に出た。

辻に人影はなく、慧念はそこで反転し、易々《やすやす》と七蔵の前に廻りこんだ。

諸手の錫杖を上段から風車に振り下ろした。

「殺《や》っ」

だが七蔵は、慧念の変化を待っていた。

慧念の動きに乗じ、突如、七蔵は反転した。

真後ろから肉迫する知覧の身体と正面から衝突した。

二本の刃が激しく嚙み合った。

追う側にあった知覧の動きは七蔵より力強いが、ただ単調にすぎた。

七蔵は圧力を削ぐように知覧を軸に再び反転し、ぎりぎりと鍔元《つばもと》でせめぎ合う知覧を突き放した。

力を削がれた知覧は堪えきれずよろめいた。

よろめいた身体が、錫杖を片手持ちにして横薙ぎに七蔵の脛《すね》を掬《すく》い上げた慧念の身体と接触した。

そのため手元が狂い、慧念の錫杖に七蔵は軽々と飛んで空を打たせた。

慧念が知覧を払いのけ、空しく流れた錫杖を諸手に替えたとき、慧念へ大きく踏みこみ打ち下ろした。

切っ先が、慧念の右肱《みぎひじ》を一寸五分の深さで抉《えぐ》った。

続いて下段に落ちた刀を手首をかえして斬り上げる。

斬り上げた一撃が慧念の左顎から頰、目を切断した。

頰髯が水飛沫のように散り、饅頭笠が大きく裂けて雨中を舞った。

長い雄叫びを、慧念があげた。

瞬間、体勢を立て直した知覧が右に刀を溜め突進してくるところを、左へ開き、逆手に剣を構えて受け止めた。

受け止めた刀を撥ね上げ、知覧の動きと逆らうように左を踏み出し、右廻りに知覧の脾腹を抜いた。

知覧の動きが、七蔵の背中で止まった。

慧念が街道をよろめいていくのが見えた。

先に知覧が七蔵の背中に力なく凭《もた》れかかり、滑り落ちていく。

それから慧念が泥濘に崩れ、流れ出る二人の鮮血が泥水を染めた。

遠い雷鳴が轟いていた。

そのとき七蔵には、大橋の半ばで欄干に追い詰められた音三郎と二人の向こうに樫太郎が見えていた。

七蔵は即座に駆け出した。

饅頭笠の僧が宙を飛んで、音三郎へ打ちこんだ。

雨の飛沫が僧を包んでいた。

鋼《はがね》と鋼が音三郎の左手首で打ち合った。

同時に七蔵の一撃が、延能の左脇の背から胸をあばらもろとも斬り裂いた。

「痛っうう」

延能が仰け反り、二歩、三歩と下がる。

血飛沫が雨の中に噴き、延能は、仰向けにゆっくりと倒れていく。

倒れながら、うつろな目が七蔵を見ていた。

音三郎が欄干に凭れこみ、左手首に巻きついた鎖が橋板に落ちた。

「大丈夫か」

音三郎は蒼白《そうはく》の顔を七蔵へ向けた。

小さく笑ったこめかみから一筋の血が流れ、雨が洗った。

十七

数寄屋造りの離れで、陸右衛門は茶を点《た》てていた。

茶釜から薄く湯気が上がり、茶筅《ちゃせん》が黒楽茶碗の抹茶《まっちゃ》を泡だてた。

夕暮れの雨が橘兆亭の庭を、色褪せた無聊《ぶりょう》に囲っていた。

枯れ残った秋の花も、池に遊ぶ錦鯉《にしきごい》も雨に打たれ儚げだった。

行灯の細い灯が、陸右衛門の淡い影を南宗画風の水墨画の襖に映していた。鬢《びん》のほつれも繕わず、侘《わび》しげで、豪商の面影はなかった。

襖が音もなく開いた。

陸右衛門は茶筅を置き、黒楽茶碗を両掌で支え、自らの口元に寄せた。目を閉じて香りを嗅《か》ぎ、その独特の渋みと苦味を口に含んだ。

それから目を開け、襖の開かれた奥座敷を見た。

緋毛氈を敷き詰め、金箔地《きんぱくじ》に竹林の絵を描いた屏風が廻らされている。屏風の前に、髪を角《つの》ぐりに巻いた女が湯文字ひとつで乳房も露わに跪《ひざまず》き、背中で組んだ二本の青竹に両手両腿を結えられていた。

女は苦しそうに眉間に深い皺を作り、いやいやと首を左右に振っていた。若い女だが、肌は浅黒く、媚《こび》の作りかたも馴れていない。

陸右衛門は、眉を顰めた。

座敷の左手から、拷問用の矢柄を握った末長が現れた。いつもの下帯ひとつではなく、鶸茶《ひわちゃ》の着流しに腰に二本を差したままだ。厚い胸と怒り肩が、定服の竜紋裏、三つ紋の黒羽織を羽織っているときより、末長を大柄に見せていた。

狐目が潤んで、凄みを増していた。

「陸右衛門さん、今日は趣向は違うが、あんただけに、この余興を見せたくてね。どんな醜女《しこめ》でも縄をかけて苛《さいな》みゃあ可愛く泣きやがるぜ」

末長は縛られた女の露わな胸を打った。

二度、三度、四度……と繰りかえし打ち、浅黒い胸や腹は、たちまち醜い痣だらけになった。

女は悲鳴をあげ、身動きの取れない身体を、前や後ろ、左右にゆすった。

それでも末長は憑《つ》かれたように打ち続けた。

陸右衛門は平然とした素振りを崩さず、ゆるゆると茶を喫していた。

「おにい、けだものお、話が違うじゃないかあ。こんなの嫌だあ」

あまりの光景に陸右衛門は、ただ呆れ、首を左右に振った。

「どうでい、陸右衛門さん、この趣向は。あんたのために、やってんだぜ」

末長は、はあはあと、荒い息をついた。女はすすり泣いている。

「末長さん、この女、どこでかどわかしてきなすった」

「どこだっていいじゃねえか。見ろ、この泣き顔を。震いつきたくなるぜ」

「やめるんだ、末長さん。風流講は、もう終わったんです。この橘兆亭も取り壊します。あなたにも、お出入りはおやめいただきます」

末長は、鷲づかみにした女の髪を離した。

「どういうことだ、橘屋」

「ですから、今日を限りにお出入りを、お断わりするということです」

「するってえと、なにかい、橘屋。おめえはおれをお払い箱にして、自分は身綺麗になりすまそうとでも思ってるのかい」

「身綺麗になるもならないも、わたしがなにをいたしましたか。風流講のことを仰りたいのなら、あくまで、風流、艶、粋を解する密かな遊戯でございました。わたしどもはどなたさまにもご迷惑はおかけしておりません」

陸右衛門は、黒楽茶碗を脇に置いた。

「それを、どこからか妙な女たちをかどわかしてきて、艶とは無縁に責め苛み、挙げ句の果ては命まで殺め、その始末をわたしどもに押しつけた。末長さんがわたしどもの集いを台なしにしたのです」

「橘屋、しゃらくせえぜ。己の都合のいいとこだけ引っ張り出し、埒《らち》もねえ御託《ごたく》を並べやがって。なにが風流講だ。余興の女を岡場所の女郎だ夜鷹だと、しょっ引くふりして連れてくることを持ちかけたのは、てめえだろう。どうせ売女だと、見てるだけじゃあ飽き足りずに、嬲《なぶ》り廻したのはてめえらだろう。もっと変わった趣向はないかと、おれが女を縛っていたぶるのに興奮しくさって、もっと強くもっと過激にと求めたのは、てめえらだろう」

「ですからそれは、末長さんにお金を渡し、あなたが承知したからでしょう」

「ほざきやがれ。いいか、橘屋。金で悪さを買えても、悪さの罪は買えねえんだ。それともなにか。悪さを働いた者は懲《こ》らしめるが、金で悪さを働かせた者は、お咎《とが》めなしだとでも言いてえのかい」

陸右衛門は応えなかった。

「おとなしく酒食らって、一句捻ってりゃあいいものを、おれを風流講の余興に巻きこんだのが、運のつきだ。おれとてめえは一心同体だ。橘屋、わかってんだぜ。妙な絵双紙を売り出し、強請ってきやがった清墨をおれに始末させ、てめえは知らなかったと、金と御用達商人の顔を利かせ、綺麗さっぱり罪を逃れる腹づもりだろうが、そうは問屋が卸さねえんだよ」

末長はいきなり抜刀し、泣き続けている女の全身に刃を縦横に走らせた。

「きゃあ」

悲鳴があがったが、斬られたのは女を縛めた縄だった。縄が落ち青竹が倒れて、縛めを解かれた女は座敷から走り逃げた。

末長は刀を陸右衛門に突きつけた。

陸右衛門は両手を後ろについて大きく仰け反り、剣先から身体をそらせた。

「清墨殺しで乗り出してきたのが夜叉萬だ。あいつはな、おれを叩っ斬るだろうが、橘屋、てめえにも容赦はねえぜ。夜叉萬てえのは、悪を懲らしめることしか能のねえ阿呆《あほう》なんだよ」

「気を、気を静めて、ください。萬七蔵のことなら、慧念さんたちに、お願いいたしました。もう、あの男が乗り出してくることは、ありません」

そうかい——と末長は陸右衛門に憤怒に歪んだ顔を近づけた。

「てめえ、妙なことを考えやがったな。夕べな、勘汰という男が金欲しさに、おめえを売りにきやがったんだぜ。慧念らに、夜叉萬だけじゃなく、おれも殺《くら》ませたあと、おれの死体を千のときみてえに闇に処理して、江戸から姿晦ませたみてえにする魂胆だってな。だからわかってんだって言ったろう。金で人を買って、てめえが金で人に売られりゃあ、世話ねえぜ」

「そ、そんな、末長さんを殺すなんて、だいそれたことを、わたしが、す、するはずがないじゃありませんか」

「小賢《こざか》しい策を弄しやがって。ひとりじゃあ三途《さんず》の川は渡らねえぜ。橘屋、てめえも道連れだあ」

咄嗟に、陸右衛門が茶釜に手を伸ばし、末長の足元に茶釜がひっくりかえった。白湯《さゆ》が飛び散った。

末長が怯んだ隙に陸右衛門は茶室の躙口へ転《まろ》び逃げたが、行灯にぶつかって倒し、自分も転倒した。

末長は、陸右衛門の羽織の後ろ襟をつかみ、上体を引き起こした。

背後から腕を廻して抱きかかえ、陸右衛門の震える喉に刃を押し当てた。

「末長さん、命だけ、命だけは……」

「今さら遅《おせ》えんだよ。橘屋、先にいって、待ってろ」

末長は陸右衛門の耳元に顔を寄せ、地獄の底からささやいた。

喉に押し当てた刃を、無造作にずるずると、しかし鋭く引いた。

ひいいい……。

畳に伏した陸右衛門は最後の声を絞り出し、喉を両手で押さえ、四肢を激しく震わせた。

両手の指の間から、血があふれ出た。

陸右衛門の断末魔を見下ろす末長の情念を映し出すかのように、倒れた行灯が、末長の背後でめらめらと燃え出した。

十八

離れの騒ぎに気づいた二人の下女が、庭先にいた。

庭に面した縁側には手燭を持った妾妻の蔦がいて、心配そうに池の向こうの離れの様子をうかがっていた。

雨はまだ降り続いている。

「勘汰、勘汰はどこへいったんだい」

「勘汰さんは、夕べから戻ってこないんです」

「えっ。戻ってない？　いいから、誰か見てきておくれ」

「おれが見てこよう」

下女たちの後ろから、声がかかった。

振りかえると、七蔵と音三郎、樫太郎の三人が庭の敷石伝いに現れた。

「先日伺った北町の萬七蔵だ。橘屋さんに訊きたいことがある」

そのとき、「火事だ」とひとりの下女が叫んだ。

離れの座敷で燃える火炎が、閉じた雨戸の隙間でゆらめいていた。

続いて、「ああっ」と声があがった。

離れの躙口から着流しの侍が、刀を抜いたまま出てきたからだ。

躙口の奥に座敷の火の手が見えた。

末長は刀をだらしなく提げ、呆然《ぼうぜん》と歩を進め池の石橋を渡ろうとしていた。

「音さん、樫太郎、ここにいろ」

七蔵は言い終わらぬうちに歩き出していた。

池に架かる二間ほどの石橋の上で、七蔵と末長は対峙《たいじ》した。

雨が二人を濡らしている。

「末長さん、これまでだ」

「ちっ、死にぞこないの走狗《いぬ》が。運のいい野郎だね」

「慧念たちは、末長さんの差し金ですか」

「おれなら自分でやらあ。陸右衛門だ。心配すんな。てめえの代わりに仕置はしておいてやったぜ」

離れの火の手が激しくなった。

「夜叉萬、抜きやがれ」

頬の痩《こ》けた青白い末長の顔が、亡霊に見えた。

末長が一歩踏み出した。

「きみと寝ようか、五千石とろか……」

末長が謡《うた》いながらまた一歩、踏み出した。七蔵は動かなかった。

「なんの五千石、きみと寝よう……」

末長が諸手かぶりに上段から、振り下ろそうと構えた。

と、その束の間に七蔵は末長の脇をくぐり抜け、石橋を渡りきった。

末長は、刀を上段に止めたままゆらめいた。

いつの間に抜いたのか、七蔵の一刀が宙に静止していた。

「七蔵さんよ、おめえ、また腕を上げたじゃねえか。敵わねえぜ」

末長は、笑った。そして、どっと、暗い池面に姿を沈めた。

七蔵は石橋の上に立ち、黒い池面にゆらめき沈む末長を見下ろした。

末長が故意に斬られたことがわかっていた。

だがそれでいいのだ。それがこの男の死に様に相応しいのだと思った。

七蔵はゆっくり刀を納めた。

樫太郎が、池を見下ろして合掌した。

「なんのために、この人は……」

音三郎がぽつりと言った。

「この人はな、おれの餓鬼のころの憧れだった。おれもこの人みてえな同心になろうと、心底《しんてい》思ってた」

細かい雨が、庭にも池面にも降り注ぎ、橘兆亭は、まだ燃え続けていた。

第三章　冬かげろう

一

「とじ暦が大略《たいりやく》三十五文、大小一紙八文、八文……大小柱暦《はしらごよみ》が四文、四文……」

霜月《しもつき》、暦売りの売り言葉が江戸市中を廻《めぐ》る。

小春日和《びより》のその日、亀島町の萬七蔵の組屋敷では、やもめ所帯を任せている梅が一冊三十五文のとじ暦を行商暦売りから早速買い求め、台所の板敷の壁に架けた。

本石町の時の鐘が夕刻七ツ（午後四時）、奉行所から戻った七蔵は、定服《じようふく》を納戸《ど》色の小袖《こそで》の着流しと一本独鈷《どつこ》の博多帯《はかたおび》に替え、

「今夜は遅くなる」

とだけ梅に告げて、大小二本に菅笠《すげがさ》を被って組屋敷を出た。

亀島町から南茅場町《みなみかやばちよう》に向かう。

海賊橋《かいぞくばし》を渡って青物町《あおものちょう》あたりまできたが、夕暮れ間近とはいえ、人通りはまだ多い。

表店《おもてだな》の売り子の呼び声、客との遣《や》り取り、稚児《ちご》と僧形の唄念仏に合わせて叩《たた》く大道芸の鉦《かね》が賑《にぎ》やかに鳴る町内から、道幅十間の日本橋通りを北へ折れた。

日本橋に差しかかると、橋の袂《たもと》でも、重ね箱、担ぎ箪笥《たんす》などを並べた露天商が売り声をあげ、不動明王の図像を掲げた頭巾《ずきん》姿の勧進聖《かんじんひじり》が、声高にゆき交う貴賤《きせん》に勧進を呼びかけている。

土蔵が連なる魚河岸《うおがし》には、毎朝立つ市の喧騒《けんそう》には及ばないが、絶え間なく魚舟や荷舟が漕《こ》ぎ集い、軽子《かるこ》が舟の樽《たる》や薪《まき》、乾物や魚の籠《かご》などを威勢よく河岸揚げしている。

反橋《そりばし》を上りきったところで、七蔵は菅笠の縁を上げ夕焼け空へ目を投げた。

茜《あかね》雲に隠れて富士は見えず、飛ぶ鳥の孤影が天空を掠《かす》めた。

富士を拝めたら、ちょっと得した気になる。

だめかい——と軽く落胆して、甘い匂《にお》いで誘いつつ橋板を鳴らしていく煮しめ茶飯の振り売りの後を、目で追ったときだった。

橋の北詰めあたりで人の流れが急に乱れ、どよめきが起こった。

七蔵の傍らを人が駆けていき、前方にたちまち人だかりができていく。

「うつけが、許さんぞっ」

「申しわけござらん。お詫《わ》びいたす。なにぶん、江戸は不慣れなもので……」

「ここはおぬしのような田舎者がうろうろするところではない。鬱陶《うっとう》しい」

「それがしの不注意でござった。まことに相すまぬ。このとおりでござる」

「謝ってそれですむと思ってるのか、芋《いも》侍」

人だかりの中から、侍らしい男の怒声が聞こえた。

男の罵声《ばせい》に橋下の河岸場の軽子らも、作業を中断して橋上をうかがっている。

七蔵は人だかりに近づいた。

野次馬の頭越しに、着流し姿の三人の侍が、野羽織、野袴《のばかま》に深編笠《ふかあみがさ》を手にした旅姿の侍を取り囲んでいるのが見えた。

着流しの侍たちは三十前後、長脇差《ながわきざし》を一本差しただけのうらぶれた浪人風体で、一方の旅侍は、旅で窶《やつ》れたうえにかなりの老齢のようだった。

「ええ。どうしてくれるんだい、爺《じい》さん」

「ご老体、呆《ぼ》けてわからんわけではあるまい。おぬしの片田舎なら通用するかもしれんが、天下の江戸では詫びてすむものではない、と言うておるのだ」

「そのようなご無体《むたい》な。肩が触れたことはお詫びいたすが、このような人通りの多い中でお手前方にも非はございましょう」

「なんだとう。自分の落ち度を棚に上げて居直る気か」

「居直ってなどはおらん。ありのままを申しておるのだ。とにかくそれがしは上《かみ》屋敷へいかねばならん。これ以上文句があるなら屋敷に参られよ」

「見世物《みせもの》じゃないぞ。いけ、いけ」

浪人のひとりが周囲の野次馬を手で追ったが、野次馬は増える一方だった。

「このままいかすわけにはいかんな、芋侍。それとも、刀で片をつけるか」

「まあまあ。な、ご老体、いい歳をして聞き分けのないことを申すな。人通りも多い。そこまで顔を貸してくれ。静かなところで話をつけようじゃないか」

「ええい、しつこい。肩が触れたことぐらいで年寄りと見縊《みくび》って愚弄《ぐろう》するか」

旅侍が痺《しび》れをきらしたかのように柄袋《つかぶくろ》を取って、刀の柄に手をかけた。

三人は後退り、野次馬もどよめいてぞろぞろと下がったため、野次馬の後ろにいた七蔵が前に立つことになった。

柄にかけた旅侍の痩せ衰えた手が震えている。

「待ちな」

七蔵はひと声かけ、睨《にら》み合った浪人と旅侍の間へ割りこんだ。

「な、なんだ、おぬし」

不意に現れた大柄な七蔵に威圧され、浪人たちはまた二、三歩、後退った。

「通りすがりの者だ。黙って見すごせなくてな。あんたら、下らねえ言いがかりをつけるのはいい加減にしなよ」

「おぬしに関係ない。失せろ、失せろ」

「ここは天下の日本橋だ。日もまだ落ちねえこの江戸のど真ん中で侍が集《たか》りまがいのことをして、みっともねえと思わねえか。みんな見てるぜ」

「たかり？　無礼な。われらはこの御仁と話し合いをしようとしているのだ」

「通りすがりに肩が触れたぐらいで、話し合いもねえだろう」

七蔵は旅侍を振り向いた。

「旅の人、ここはわたしに任せてもういきなさい」

「どなたか存ぜぬがかたじけない。しかしそれでは貴殿に迷惑が……」

「大丈夫。こういうことには慣れてる」

「おのれ。勝手な真似《まね》をしくさって」

芋侍と罵倒《ばとう》していた浪人が、すらりと刀を抜いて七蔵の首筋に押し当てた。

間髪を容れず、七蔵は浪人の鼻面《はなづら》にいきなり手刀を見舞った。

浪人はくの字に首を折り、後ろによろめいて、橋の上に仰のけになった。

こいつ、と抜刀した次の浪人の右腕を小手に巻き、腰を入れて振り廻した。

凄《すご》んだ割には浪人の手応えはなく、欄干にぶつかり、勢い余って欄干の上で一回転し、日本橋川へ真っ逆さまに落ちた。

野次馬がどっと喚声をあげ、一斉に欄干から身を乗り出し川面《かわも》をのぞいた。

浮かび上がった浪人が、水面を両手で叩き、悲痛な声で助けを求めた。

それを物見高い野次馬が、一斉に囃《はや》したてる。

河岸場の川舟が漕ぎ寄せて竿《さお》を差し出すが、浪人は「助けて、助けて……」とじたばたするばかりで竿に上手《うま》くつかまれない。

浪人が空しく沈むのを、川舟の船頭が髻《もとどり》をつかんで顔を引き上げると、野次馬の笑い声が橋上にも川端にも起こった。

三人目はと見ると、仲間を捨てて、とっくに姿を晦《くら》ましている。

七蔵は笑顔を残しいきかけるのを、旅侍が止めた。

「お陰で助かりました。ありがとうございます」

慇懃《いんぎん》に言った老いた背中が丸く、総白髪の髷《まげ》が目だった。

「それがしは、陸奥磐栄藩《むついわさかはん》の九重徳英《ここのえとくえい》と申す者でござる。よろしければ、ご貴殿のお名前をお聞かせ願えませんか」

「名乗るほどの者ではありません。用がありますのでこれで……」

七蔵はすっと肩を廻し、足早に橋番を室町へ抜けた。

二

神田鍋町《なべちよう》を西に折れてさらに数町いった銀町《しろがねちよう》の一角、黒板塀に囲われた料理茶屋《櫻井《さくらい》》の表の暖簾《のれん》を七蔵はくぐった。

仲居に中庭に面した座敷に通されて、茶菓を運んできた色白の女将《おかみ》が、

「殿さまは、ほどなくお見えになられます。こちらでお待ちいただくように、との仰《おお》せでございました」

と、艶《あで》やかな笑みを振りまいた。

「色っぽい女将がいるが、彼《か》の者はお奉行のなにだからな」

昼間、久米信孝が「《櫻井》にきてくれ。お奉行が昔から懇意《こんい》にしておられる老舗《しにせ》だ」と告げたあと、用件には触れず、そんな戯《ざ》れ言《ごと》を真顔で言った。

あの女将が、彼の者か。

窓框《まどがまち》の円窓の引き違い障子を少し開けると、行灯《あんどん》の灯が黄昏《たそがれ》どきの中庭にこぼれ、白い寒菊《かんぎく》の花びらを映し出した。

どこかでかき鳴らす三味線の、婀娜《あだ》な音色が冬の庭に寂しげに流れた。

障子に薄く差していた青白い小春日和の名残が消えて、とっぷり暮れるほどの刻がすぎたころ、襖《ふすま》の外の廊下を踏む音がした。

七蔵は下座に控えた。

襖が開き、女将に案内されて、こざっぱりした黒羽二重《はぶたえ》を着流した北町奉行・小田切土佐守と藍《あい》の羽織に平袴の久米が現れた。

「待たせた。内寄合がいかい長引いてな」

五十年配の風貌の奉行が、飄々《ひょうひょう》とした口振りで言った。

久米はいつものひと癖ありそうな渋顔になり、会釈を寄越《よこ》した。

料理の膳《ぜん》とギヤマンの徳利《とっくり》に入った酒が運ばれてきたが、膳は四つ並んだ。

床の間のある上座と下座に奉行と七蔵が向かい合って着座し、右に久米が控え、奉行の左に主のいない膳が置かれた。

奉行は着座し、脇息《きょうそく》に軽く腕を載せた。

「前から萬には一席設けたいと思っておった。厄介な務めご苦労だった。末長の件はよくやってくれた。今夜はわたしの心ばかりの慰労だ」

「畏《おそ》れ入ります」

七蔵は低頭した。

末長賢久は病死と届けが出された。

独り身だった末長の家督を縁者が継ぎ、見習勤めに上がっている。

女将と仲居が消えると、土佐守が久米に「あれを」と指し示した。

久米が七蔵の傍らに座り直し、紫の袱紗《ふくさ》包を押し出し膳の脇に置いた。

「殿から萬さんにご褒美《ほうび》だ。ありがたくお受けするのだ」

内与力の久米は元々、土佐守の家臣であるため、公の場以外では、奉行のことを殿と敬称している。

「難しい探索を命ぜられて物入りだったろう。なにかに役だててくれ」

七蔵は袱紗包を押しいただいた。五両、あるいはもっとありそうだった。

「それからな。今夜は萬に引き会わせたい人物がもうひとりくる。陸奥の男で江戸定府で上屋敷住まいをしておった折り、大きな声では言えんが、悪所《あくしょ》で知り合《お》うて妙に気が合うた二十年来の悪友だ」

土佐守が左の膳を、顎《あご》で指した。

「はあ、悪所で……ですか」

「若いころの話だ。まずは、飲め飲め」

久米は自分の膳に戻り、平然とギヤマンの盃《さかずき》を呷《あお》っている。

鯛《たい》の造りに青柚《あおゆず》の香をつけた鴨《かも》の吸物が終わり、麩《ふ》の焼きが出ると土佐守が蘊《うん》蓄《ちく》を語り始めた。

「これは千利休《せんりきゅう》が考案した懐石の料理でな。練《ね》った粉の薄い焼き具合と味噌《みそ》だけの素朴な味わいに、茶に通ずる品格がある。焼き物にもいろいろあって、《櫻井》は焼き料理が品数に富んでおる。鱸《すずき》の薄皮の阿蘭陀《オランダ》焼きという卵を使った料理も絶品だ。切り身を串《くし》に刺して、調理した溶き卵をかけながら焼く料理だ」

と焼き料理の話がひとしきり続いている最中《さなか》に、廊下に女将の声がした。

「お客さまがお見えでございます」

「きたか」

女将が襖を開けると、紺の羽織に袷袴《あわせばかま》の年配の小柄な侍が座敷に現れた。

「やあやあ、遅れて申しわけござらん」

侍は家政を取り仕切る能吏《のうり》を思わせる浅黒い相好を崩して土佐守に会釈を送り、

久米と七蔵を一瞥《いちべつ》した。

女将に預けた大刀がなければ、商家の大番頭あたりに見間違えても不思議ではない、武張った印象の薄い侍だった。

侍が女将に導かれ左の膳に着くと、土佐守が言った。

「こちらは磐栄丹羽《にわ》家の家老職を継ぐ結城《ゆうき》家で、ご当主結城忠義《ただよし》どのの用人を務める斎藤弥兵衛《さいとうやへえ》どのだ。先ほど申した二十年来の友だ」

「斎藤弥兵衛でござる。お見知りおきを」

磐栄といえば、先ほどの日本橋の九重徳英という侍も確か磐栄と言った。

「こちらの与力の久米信孝は知っておるな」

「ふむ。久米殿は先だってお会いした。その節はお世話になり申した」

久米が「とんでもございません」と如才《じよさい》なく応え、頭を下げた。

「すると貴殿が、萬七蔵どのでござるな」

斎藤が七蔵に向き直った。

七蔵は座をずらし、畳に手をついて深々と頭を下げた。

「北町奉行所同心、萬七蔵と申します。お初にお目にかかります」

「小田切どのの言われたとおり、受ける印象がまるで違う。使い手とはそういうものか」

「ただの使い手ではないぞ。十代で一刀流の富田道場の師範代を務めた。いま江戸で、この者の右に出る者はどれだけもいまい。天賦《てんぷ》の才だ」

「なるほど。天賦の才と天稟《てんぴん》の才。陽と陰、天と地、光と闇、生と死……か」

「その後、進展はあったか」

土佐守が盃を干しながら言った。

「いや。同じだ。忠義さまも苦悩しておられる。一刻も早く手を打たねば結城家が大変な事態に追いこまれることは、誰もがわかっておるのだが……」

斎藤は自らに言い聞かせるごとくに応え、こちらも盃を干した。

「萬、おぬし、かげろうという名前を覚えているか」

土佐守が感情の起伏を抑えた穏やかな眼差しを、七蔵へ寄越した。

「辻斬《つじぎ》りの、かげろうでございますか」

「そうだ。最初が一昨年《おととし》の冬、牛込《うしごめ》の逢坂《おうさか》で小普請組の榊原《さかきばら》家の家士だった。二人目が柳原堤で地廻り、鶯谷《うぐいすだに》七面坂《しちめんざか》で旗本の安藤《あんどう》家の若党がひとり……」

「天王寺の芋坂で斬られた浪人と、小石川の蓮華寺《れんげじ》坂で小笠原家の勤番侍が斬られた事件も、かげろうの仕業と言われております」

久米が補足した。

町方ならみな、辻斬りのかげろうの名は知っている。

「忽然《こつぜん》と現れて刹那《せつな》に人を斬り、儚《はかな》く消え去る。それがかげろうのようだと恐れられながらも、町方の間でも、かげろうはさまざまに取り沙汰《ざた》されました」

「どのような取り沙汰だ」

「正体はさる大家の血筋を引き、しかも女だとも。あくまで噂《うわさ》ですが……」

「その噂、事実だ」

土佐守が首肯《しゅこう》した。すると斎藤が、

「萬さん、かげろうを一匹、斬ってくれませんか」

と、まるで職人に手間職を頼むかのように、乾いた口調で言った。

七蔵は、斎藤の浅黒い能吏顔を見守った。

かげろうという辻斬りにかかわるなにかを、土佐守も斎藤も心得ているらしいことは察せられた。

久米と目が合った。

そういうことなのだよというふうに、久米の渋顔がゆっくり頷《うなず》いた。

三

陸奥は磐栄丹羽家十万石の筆頭家老職を代々継ぐ結城家は、丹羽家が陸奥磐栄に国替えとなったおよそ百年前の宝永《ほうえい》年間に主家より分家し、以来、知行地八千石を預かる北国の由緒ある家柄だった。

その結城家第五代当主、結城頼母《たのも》には正室お秀《ひで》の方に二人の実子があった。

ひとりは、結城家六代目を継ぐ嗣子《しし》の忠義、今ひとりは、忠義の七歳年下の妹・蝶《ちょう》である。

兄、忠義は結城家の家督を継ぎ、いずれは丹羽家筆頭家老職に就く身として幼いころより武芸学問の両道を厳しく教授されて育った。

秀才の誉れ高く眉目秀麗《びもくしゅうれい》な忠義自身、その期待によく応え、十六歳にして目付方を拝命して初出仕した。

二十一歳のとき江戸定府を命ぜられ、この秋まで江戸上屋敷で暮らしていた。

一方妹の蝶は、この世に生をうけたとき、蝶のように美しくと父・頼母が願ってつけた名のとおり、見目麗《みめうるわ》しき童女に育った。

淡い赤味の差す白く透きとおった肌に碧《みどり》の黒髪、切れ長な目の奥にひそむ蒼《あお》みがかった瞳《ひとみ》、澄ました鼻筋、肉感をほのかに伝える唇、鶴《つる》のようにほっそりと一点の曇りもないうなじと伸びやかに育った四肢……。

父親の結城頼母と母親・秀の方は、そんな美しい蝶を溺愛《できあい》し、まるで光り輝く珠玉《しゅぎょく》に魅《み》入られたかのように、ひたすら慈《いつく》しみ、育《はぐく》んだ。

当然、蝶の美しさは城下の評判になった。

蝶が十歳をすぎるころには、早くも輿《こし》入れの話が取り沙汰された。

結城家の蝶さまは遠からず丹羽家の御世継ぎに輿入れするのだとか、さる西国の大名の側室に入る話が決まっておるとか、江戸城大奥へお中﨟《ちゅうろう》に上がり、いずれは将軍家のお腹《はら》さまになられるかもとか、美貌ゆえの風説が流れた。

けれども、十歳を二つ三つとすぎたとき、蝶は突然、若衆髷《わかしゅまげ》に萌葱《もえぎ》の小袖、紫縮緬《ちりめん》の袴、素足に絹緒《きぬお》の草履、伊勢村正《いせむらまさ》の脇差を帯し、男児のように城下の新陰《しんかげ》流《りゅう》、芦田《あしだ》道場に通い始め、周囲を驚かせたのだった。

父・頼母も母・秀の方も、蝶が男児のように剣の道場に通うと言い出したときは驚いたが、蝶が望むのであれば、それでこそ武家の娘と称《たた》えさえした。

年ごろになれば結城家に相応《ふさわ》しい家に嫁ぐであろう。

それまでは蝶が思うがまま振舞いたいがままにさせてやれ……と頼母は大らかに秀の方に言ったものだった。

また兄の忠義も、自慢の妹である蝶の男勝りな気性は、眩《まばゆ》いばかりに美しいゆえに、却《かえ》って愛らしく、微笑《ほほえ》ましいとすら感じていた。

そのころは父母も兄も、蝶が内奥に育んでいた、天女と妍《けん》を競うかのごとき容姿からは思いもよらぬ妖しく滾《たぎ》る猛々《たけだけ》しさに気づいてはいなかった。

蝶の猛々しさが、剣術修行を始めたことを契機に、美しく静謐《せいひつ》な湖面に春風が吹き荒れるように、激しく波だち始めたことは知らなかった。

芦田道場に通い始めて二年が経ち、蝶の美しさはいっそう際だった。

稽古《けいこ》着姿で竹刀《しない》を構える妖艶さは震いつきたくなる、と道場に通う若き門弟らは陰でささやき合った。

しかしそれ以上に門弟らの口端にかかったのは、蝶の剣の技量がわずか二年で並み居る男たちをはるかに凌駕《りょうが》しつつあったことだった。

門弟らは十五歳の蝶に歯がたたなくなった悔しさを、所詮《しょせん》は結城家の姫君、所詮は女と紛らわせつつ、蝶のたおやかな姿態に漲《みなぎ》る、速さ、鋭さ、膂力《りょりょく》に驚き呆《あき》れ、恐れをなすようにさえなっていた。

道場主、芦田伝次郎《でんじろう》は、そんな蝶の天稟の才に気づいていた。申し稽古で蝶と竹刀を構えると、こみ上げる昂《たか》ぶりが妖気のように伝わってくるのが芦田にはわかった。

蝶の竹刀が乱舞し、四肢が縦横に躍動するとき、溢《あふ》れる歓喜と恍惚《こうこつ》に微笑む目が不気味なほどだった、と芦田はのちに人に語った。

しかも、蝶の血肉が、四肢の奔放な躍動、昂ぶりや歓喜に堪え得る力を十分すぎるくらいに育んでいる凄みに、芦田は舌を巻いた。

物足りぬ。真剣で斬り合《お》うてみたい。

蝶がそういう望に駆られ、道場での修行に飽き足らなくなったのは必然のなりゆきだったのかもしれない。蝶が十七歳のとき、芦田は、

「もはや蝶さまにお授けいたすことは、なにもござらん。もし蝶さまが望まれるなら江戸の兵武館《ひょうぶかん》道場・沖田恒成《おきたつねなり》どのへ紹介状をしたためますが」

と、江戸へいくことを勧めた。

「なにもそこまで」と反対する頼母と秀の方を蝶は説き伏せ、その三年前から江戸定府で永田町《ながたちょう》の磐栄藩上屋敷住まいをしていた兄、忠義の庇護《ひご》の元で暮らすことを条件に、出府を許されたのだった。

兄の元で江戸の藩邸暮らしが始まると、蝶は早速、小石川の新陰流・沖田恒成の兵武館道場に入門を乞《こ》い、許された。

その兵武館道場において、蝶の剣技は、天空を得た蝶が自由奔放に舞うがごとく、さらに磨き抜かれた。

溢れ出る才が編み出した華麗な技法と理合《りあい》は、妖気すら漂わせ、道場屈指の使い手に上り詰めるのに、さしたるときを必要としなかった。

蝶のほとばしる才気に、道場主、沖田恒成は目を瞠《みは》った。

天稟の才、と言って憚《はばか》らなかった。だがそう確信する一方で思った。

「この娘は、剣に耽溺《たんでき》しておる。あやうい。なにごともなければよいが」

文化元年、蝶は十九歳になった。

しかしそのころから、蝶を庇護する兄の忠義は、若衆髷に小袖に袴、伊勢村正の大小を差した扮装で、下女も伴わず、兵武館道場にさっそうと通う蝶の振舞いを、次第に苦々しく思い始めていた。

いつまでも国元の道場に通っていたころの、十三歳の娘ではないのだ。このままではいかん。忠義は蝶に度々苦言を呈《てい》するようになっていた。

「そなたは由緒ある結城家の息女《そくじょ》なのだぞ。いつまでそのような形《なり》で、身のほどを弁《わきま》えぬ振舞いを続けるのだ。父上母上もそなたの身を案じておられる」

だが蝶は聞く耳を持たなかった。

四

「生き胴を斬ってみたい。おそらく、そんな魔性にそそのかされたんだ」

久米が猪口《ちよこ》を舐《な》めながら言った。

女将のお篠の長く優美な十本の指先が銚子《ちようし》を取って、久米と七蔵の猪口に燗《かん》酒《ざけ》をそそいだ。

「それだけ、ですかね」

七蔵は、出汁《だし》の染みた大根に味噌をつけた熱いおでんをひと齧《かじ》りした。

熱燗の辛味と味噌の甘味が口の中で溶け合った。

「旨《うま》いな。出汁がよく染みこんで味噌の風味もいい」

「萬さまに美味《おい》しいと言っていただいて、嬉《うれ》しゅうございます。久米さまも召し上がってくださいませ」

「あ？　ああ」

久米はお篠に頷き、熱い大根のひと切れをいきなり頬張って、

「ほ、ほれ、ひがいい、は、はひがはふ」(それ以外に、何がある)

と七蔵に言いながら、口の中に余った熱いおでん汁を顎にこぼした。

「まあまあ……」

お篠が懐紙を出して久米の口元をなぶるように拭った。

夜五ツ半（午後九時）、七蔵と久米は、奉行と斎藤に暇《いとま》を告げ《櫻井》を出た。

龍閑橋《りゅうかんばし》までの夜道に、おでん屋の屋台に提げた畳提灯《たたみちょうちん》の灯が見え、親爺《おやじ》の枯れ寂《さび》た売り声が流れてきた。

「でこでこでこで〜、おで〜ん〜、あたりゃあ、おで〜ん〜」

「萬さん、《し乃》でもおでんを出してる。口直しにつき合え。奢《おご》るよ」

久米が鎌倉河岸の《し乃》に誘った。

二人は、お篠の若やいだ笑顔に迎えられた。

奥の四畳半に案内され、おでんと熱燗を頼み、《櫻井》の上等な料理や酒とは違う馴染《なじ》んだ味に腹を落ち着かせた。

「萬さん、この役目、断わってもいいんだよ」

大根をようやく飲みこんだ久米が言った。

「いやさ、あまり、気乗りしなさそうだからさ。だいいち……」

久米は言いかけて間を置いた。

「このやり方は危険だ。結城家の仕置に任せるべきだ」

「ですが、わたしが断わったら、お奉行さまは困るんじゃあないんですか」

「殿はああいうご気性だから、上から打診されたら、できないとは口が裂けても言わない。わたしは殿のご意向に添うように全力をつくすまでだ」

「やりますよ」

七蔵はあっさりと言った。

「御番所の務めとは違うんだ。かげろうの事件が、結城家のための私事《わたくしごと》にすり替えられている。わたしは言われたことを萬さんに伝えたけれど、これ以上は何もできない。そういうことなんだよ」

お篠が、一杯機嫌できたのに二人が務めの話を止めないのを気遣って、さり気なく座を外した。

町方は罪を犯した者を始末するのではなく、捕縛を本務としている。

やむを得ぬ事情以外に人を斬れば町方とて罪人である。

また町方には支配する掛があり、その掛の埒《らち》を超えて仕事をする権限はない。

埒を超えれば、奉行所は庇《かば》えないのだよ、と久米は言っている。

すなわち隠密廻り方同心・萬七蔵は、お奉行さまの隠密の指示があるにせよ、町方の埒を超えて、ある女を斬れ、と言われたのだった。


蝶が己が心底《しんてい》の魔性を解き放ったのは、文化元年、十九歳の冬であった。

その冬の初めのある夜、牛込の逢坂で小普請組榊原家の家士が斬られた。

次に師走《しわす》暮れ、柳原堤において本所の岡場所をねぐらにしている地廻り、続いて文化二年一月、鶯谷七面坂で旗本安藤家の若党が斬殺された。

いずれも夜四ツごろの暗闇の中で、一刀の下に斬り下ろされていた。

町方の検視により、懐を狙った形跡はなく、手をくだした者を見た者はおらず、その太刀筋から同一人物の辻斬りと見られた。

町方は、恐るべき剣技と闇に紛れた進退の鮮やかな手口を、まるでかげろうの仕業だと評した。

ただ、現場の亡骸《なきがら》の周囲に、ほのかに馥郁《ふくいく》たる脂粉《しふん》の残り香のあったことが、町方を戸惑わせた。

もしかして辻斬りの正体は女か。いや、女にこれほどの手練《てだれ》は無理だ。

だがほどなく、かげろうの名とそれが女だという噂が江戸市中に広まった。

かげろうの正体が女らしいという噂は、結城忠義に上屋敷長屋で共に暮らす妹への疑惑を呼び、胸騒ぎが一日たりとて収まるときはなかった。

忠義は蝶のいく先々を密かに監視し、行動を探らないではいられなかった。

春三月半ばのある夜、忠義は偶然、蝶が上屋敷を抜け出す現場に遭遇した。

忠義は密かに蝶のあとをつけた。

そしてあろうことか、天王寺裏手の芋坂で覆面頭巾の蝶が、通りかかった浪人者を斬り捨てたところを見てしまった。

あまりのことに動転した忠義は、逃げるように上屋敷へ戻り、懊悩《おうのう》した。

妹は病に冒《おか》されている。妹を守れるのはわたしだけだ。誰にも蝶に指一本触れさせない。懊悩した挙句そう決心した忠義は、病を理由に蝶に兵武館道場を退かせ、上屋敷重役の許しを得て、本郷に一軒家を借りた。

そこに蝶を住まわせ、下働きの年老いた夫婦を監視につけた。

そして夫婦に、蝶ひとりでは庭にさえ出さないよう厳重な監視を命じ、自らは長屋住まいを続ける傍ら、毎日本郷に通う生活を始めたのだった。

にもかかわらず、六ヵ月が経ち、かげろうの事件が巷《ちまた》でも忘れられたおよそ一年前の文化二年の初冬、またしても蝶は夜の町に彷徨《さまよ》い出て、小石川蓮華寺坂で、小笠原家の江戸勤番侍を斬殺した。

読売が、いっとき影を潜めていたかげろうが再び現れ毒牙《どくが》を剝《む》き出した、と瓦版《かわらばん》に書きたてた。

忠義は己の無力を恥じた。蝶を斬って自らも切腹《せっぷく》して果てようとすら考えた。

結局、忠義は国元の父・頼母に、蝶が犯した行為を報告し、助けを求めた。報せを受けた頼母は、急遽《きゅうきょ》、結城家用人・斎藤弥兵衛を出府させた。

斎藤は、出府するやすぐさま、苦悩する忠義に代わって幕府要職にある結城家とつながりの深いさる人物に、内々裡《り》に蝶の処置の相談を持ちかけた。

「結城家に害を及ぼさぬために、始末するしかあるまい。さすれば、かげろうなる辻斬りの探索はそれ以上行なわせぬ。藩には蝶は病死と届けられよ」

幕府要人の結論は、そういうものであった。

しかし、国元の結城頼母はそれを許さなかった。兄・忠義も反対した。

決断ができぬまま年が明け、いたずらにときがすぎ、仮の処置として、斎藤は川越《かわごえ》領松平《まつだいら》家の知人の伝《つて》を頼りに、川越領勝瀬《かつせ》村の百姓屋の離れを借り受け、病気療養と称して蝶を隠した。

それが、この文化三年春三月早々のことだった。

事態が変わったのは七月、心労のあまり国元の結城頼母が急死してからだ。

秋八月、忠義は父の跡を継いで丹羽家家老職に就くため江戸勤番を辞し、陸奥の国元へ帰った。蝶の処置を斎藤弥兵衛に委《ゆだ》ねて、である。

それから斎藤は、蝶の始末に動き始めた。

差し向ける者は、手練であることは言うまでもなく、世間にも丹羽の家中にも、結城家の蝶が辻斬りのかげろうと悟られぬよう事を運ぶ信用のおける人物でなければならなかった。

金で侍を雇い、万が一、事が露見したときは結城家は苦境に追いこまれる。

「北町奉行の小田切土佐守に相談してみよ。小田切なら信用のおける相応しい者を知っておるかもしれん。わたしからも内々に頼んでおこう」

幕府要人が言った。

偶然にも、土佐守なら斎藤と知己の間柄だった。

斎藤は土佐守に会い、結城家を救ってほしいと頼んだ。

土佐守は考えあぐね、久米に諮《はか》った。

「萬七蔵は、どうか」

久米は、かげろうの仕置は必要だとしても、町方の萬七蔵にこの役目を負わせるのは危険すぎます、と反対した。だが、ほかに人物は見あたらなかった。

町方の身分を隠し、ひとりの侍の仕業ということにして、川越の松平家には幕府要人から裏で根廻ししておくなら、と土佐守と久米は思案を廻らせた。

「つまりだな、もしもだ、萬さんが倒されても、われらはなにも知らないことに
するしかないんだよ。わかっているかい」

「しょうがありませんよ」

七蔵が答えると、久米は「ふうん」とうなった。

「やるなら、誰か、助っ人が必要だな」

「相手がひとりなら、わたしひとりで十分です。ただ、わたしが倒されたとき、
その様子を久米さんとお奉行に報告できる者を連れていきます」

「好きなだけ連れていけ。金はなんとかする」

夜の町から、犬の遠吠《とおぼ》えが聞こえた。

「ひとつ、腑《ふ》に落ちないことが、あるんです」

七蔵が言うと、久米は猪口を持ち上げて頷いた。

「真剣で闘ってみたい、生き胴を斬ってみたいとかは剣術にのめりこんだ者なら誰でも一度は考えることなんです。ですが普通、そう想っても実際に人を斬ったりはしません。生き胴を斬ってみたいから人を斬るというのなら、ただの阿呆か狂気にとり憑かれた者のすることです。つまり蝶という女はただの狂人ということになります」

「何が、言いたい」

「いえね、もしも蝶がただの阿呆か狂気にとり憑かれた者でなかったとしたら、蝶がかげろうになる理由《わけ》、生き胴を斬るきっかけがあったんじゃないか。何が蝶をかげろうにしたのか、さっきの斎藤さんの話だけではすとんと腑に落ちてこなかったんです」

「そう言えば斎藤さんは、そこらへんの事情は、詳しく語らなかったな」

「斎藤さんは、蝶が心の中に魔性を持って生まれた女みたいに仰っていましたね。けど、魔性は誰の中にもあります。こう言っちゃあなんですが、仮に、わたしが七歳のときに父親が死んでいなかったら、わたしは、今のわたしになっていなかった」

「夜叉萬は、いなかったのだな」

「蝶の魔性を解き放ったのは、剣じゃなくて、もっとほかの何かがあったとしたら……もしそうだったなら、わたしはそれを知っておきたいんです」

「彼を知り己を知れば、百戦あやうからず、だからな。いいだろう。かげろうが、ただの阿呆か狂気にとり憑かれた者か、そうでなければ、闇の中に何を抱えてきた者か、探ってみよう。その仕事、お甲に手伝わせよう。あれは、男より役にたつ」

七蔵は、花房町のお甲を思い出した。

ひとり、行灯の下で三味線に撥《ばち》をあてている姿が目に浮かんだ。

なぜか寂しい姿だった。

五

鏡音三郎は、三方を御家人組屋敷や旗本武家屋敷に囲まれた安鎮坂《あんちんざか》の永生藩上屋敷の長屋の一室にいた。

長屋の住人は永生藩徒士《かち》組《ぐみ》小頭、黒沢猪之祐《くろさわいのすけ》である。

音三郎が兄、甚之輔の敵、浅茅玄羽を討つために出府するにあたり、国家老の河合三了が、江戸に着いたら徒士組の黒沢にこれを渡せ、いろいろと助けになってくれるだろう、と添状をくれた三十三歳の家士である。

浪人は寺や武家屋敷に住むことはできない。町地に住む場合も保証人をたて、町奉行所の許可を得なければならない。

音三郎が、吉原通いの侍を見張る目的で、日本堤南方に開けた田町の作右衛門ふね夫婦の離れ家を借りて住むことができたのも、黒沢が便宜《べんぎ》を図ってくれたからだった。その日、一カ月ぶりに長屋の黒沢を訪ねると、

「いいところへきた。小田原《おだわら》の上等の蒲鉾《かまぼこ》をもらってな。ひもかわに入れてこれから食うんだ。鏡も食っていけ」

と、武州《ぶしゅう》のひもかわを茹《ゆ》で、小田原の蒲鉾を二切れ浮かべて煮ぬきを出汁に使った醤油《しょうゆ》汁を垂らし、梅干と刻み葱《ねぎ》をまぶしたかけうどんを振舞われた。

「美味いなあ。われながら上出来だ。出汁もいいが、武州のひもかわは腰の粗強いところが食いごたえがある」

黒沢は麺《めん》を音をたてすすりながら、さり気ない口調で言った。

「どうやら浅茅は、江戸におらんようだな」

音三郎は驚いて、箸《はし》が止まった。

「先だって、出入りする柏屋《かしわや》の手代がな、永田町の山王《さんのう》神社の近くで、深編笠の侍に声をかけられたんだと。それが浅茅だったそうだ。柏屋の手代も浅茅が甚之輔どのを闇討ちにして出奔《しゅっぽん》したのは知っていたから、永田町あたりで浅茅が平然と歩き廻っておることを訝《いぶか》しく思ったと、言っておった」

「玄羽はなんの用で、永田町にいたんですか」

「それはわからん。手代の話では、浅茅は小ざっぱりした羽織袴の、鬚《ひげ》も剃《そ》って浪人らしくない風体だった。手代が浅茅の住まいを訊ねたらな、今は江戸を離れて川越の草生《むし》す田舎暮らしをしており、その日は連れの用事で久しぶりに江戸へ参ったと、にやにやしながら言って立ち去った」

「連れ？　玄羽は連れと言ったんですね」

「そうだ。残念ながらそれだけだ。浅茅はそれ以上は言わなかったそうだ」

音三郎の胸に、落胆が広がった。

兄は肩から胸と背中に、二太刀を浴びたと聞いていた。

しかも異なる手筋だった。兄を襲ったのは玄羽ひとりではない。

玄羽はそのもうひとりと江戸ではなく、川越に身を隠しているのか。

川越領とはどんな土地なんだ。どこに潜んでいる。音三郎は悶々《もんもん》と思った。

半刻後、黒沢の長屋を辞し、いつもなら橋本町の京屋次郎市の小間物問屋に寄るところだが、その日はどこへも寄らず、浅草田町の作右衛門ふね夫婦の家の離れに真っ直ぐ戻った。

玄羽を追わなければならない。江戸を去るときがきた——音三郎は思った。

六畳の文机《ふづくえ》に形彫り根付を彫りかけた黄楊《つげ》の木と、まだ彫りに入る前の桜と黒柿《くろがき》の木片が積んである。

離れの六畳間から武家屋敷の木々と、堂宇《どうう》が木々の間に甍《いらか》を並べる浅草寺北《きた》方《かた》の浅草田圃《たんぼ》が見わたせる。

田圃に藁塚《わらづか》がぽつんと作られ、穏やかな冬空高く鳶《とび》が舞っていた。

ピーヒョロロ……と鳴き声が聞こえる。

早《はや》、半年がすぎた。

冬の野に、田夫《でんぷ》の影ひとつない。

音三郎は関ノ兼氏を抜き、鏡のように光を照りかえす刃に見入った。

江戸にきて、刃を交わす恐怖を味わい、人も斬った。

己の心の中にそれまでとは違う猛々しさが生まれたのを覚える。

白刃は周囲に光の粒をきらきらと散らした。

ふと、何かを感じて後ろを振りかえった。

いつの間にきたのか、綾が土間に佇《たたず》み、刃をかざした音三郎へ驚きの目を向けていた。

「やあ、いたんですか」

音三郎は微笑んで刀をしまったが、心の乱れは収まらなかった。

六

翌日、江戸を厚い雲が覆った。

昨日とは打って変わった冷えこみである。

「この分じゃ、雪になりそうですね」

朝、七蔵と樫太郎が組屋敷を出るとき、梅が言った。

「かっちゃん、それで寒くないのかい」

「大丈夫さ。お梅さんこそ、冷えるからもう入んな」

十七歳の樫太郎は、東西南北崩し文字の袷を尻端折《しりはしょ》りに、紺の股引《ももひき》、紺の足袋《たび》に草鞋《わらじ》と、秋の形《なり》のままである。

「樫太郎、今日はこのまま、南町の多田さんに会いにいく」

「へい。南の御番所の多田総司の旦那《だんな》でやすね」

「それから、ここ数日の間に、ちょいとむつかしい仕事をやらなくちゃあならねえ。樫太郎にも手伝ってもらいてえことがある。そのつもりでいてくれ」

「へえ、承知しやした」


十一月は月番の南町奉行所表門は開かれている。

「おや、萬さんか。久しぶりだ。用かい」

その表門を出たとこで、南町奉行所の定町廻りの多田は七蔵に呼び止められ、丸顔の中にある細い目を剝いた。

「朝っぱらからすまねえ。またちょいと、聞かせてもらいてえんですよ」

「わざわざ出張ってくるところを見ると、穏やかな話じゃねえな。北の隠密・萬七蔵は曲者《くせもの》で名を馳《は》せているからよ」

多田は七蔵の頼みを拒んだことはない。むしろ、無理を聞いてさえくれる。

「三田《みた》までいかなきゃならねえ。歩きながらでよかったら、聞くぜ」

「歩きながらで、結構ですとも」

多田と肩を並べた。多田の中間《ちゅうげん》・小者《こもの》と樫太郎が、二人のあとに従った。

数寄屋橋御門を出、尾張町《おわりちょう》から大通りを南に芝口《しばぐち》の方角に取った。

「うかがいてえのは、多田さんの掛だったかげろうのことなんで。一昨年の冬から去年の冬にかけて、世間を騒がした辻斬りの……」

「知ってるよ。なんで今ごろ、萬さんがかげろうなんだ」

「ちょいと事情がありましてねえ。わけは聞かねえでくれませんか」

「気に入らねえな。けどまあ、いいだろう。かげろうの事件は、おれら掛の者も正体がわからねえうちに幕が下ろされたからよ」

「幕が下ろされたのは、いつです？」

「去年の今ごろ、蓮華寺坂で五人目が斬られた一月《ひとつき》ばかりあとだった。かげろうが浪人なら町方のはずが、かげろうの正体の知れねえうちに、ある日どこらへんからか圧力がかかって、探索を差し控えるようお奉行のお達しが出たのよ」

大名、交替寄合、高家《こうけ》を支配監察する役目は大目付、旗本御家人なら目付で、浪人は町奉行の支配下である。

「正体は、女だという噂がしきりでしたね」

「現場には脂粉の残り香がいつもあった。だから女の仕業かと思っただけで、誰も見たわけじゃねえ。男でも陰間《かげま》ってことも考えられるし……とにかく、すばしっこくて、恐ろしく腕がたって、みんなひと太刀でばっさりやられてる。女にそんな真似ができるかって訊かれたら、できねえってこたえるだろうな」

竹川町《たけかわちよう》、出雲町《いずもちよう》と通りを南にとって、芝口の橋に差しかかる。

橋の上で、扇と鈴を持ち、笠を被った歩き神子《みこ》が、足を止めた通りがかりを相手に、鈴音を響かせつつ、なにやら託宣《たくせん》を行なっていた。

「かげろうの狙いはただ、生き胴を斬ることだけだったたんですかね」

「ほかに何か、あるかい？」

多田は、昨夜の久米と同じように訊きかえした。

「恨みを晴らすとか、なにかの腹いせとか、金で殺しを受けたとか……」

「かげろうの手口に決まりや、背景になんぞねえかと調べたが、斬られた相手にしても時期にしても、それらしき手がかりは見つからなかった。どれも偶然いき合った相手に刃を向けたって感じだ。もっとも、女や年寄り子供はいねえ。二本差しの侍か地廻りが相手だがな」

辻斬りの相手を選んでいる。人の生き血を吸いたいだけのとり憑かれた者なら、そんな手間を取るはずがない。何かある、あるいはあった。

「去年の冬、五人目が斬られて以来、かげろうは影を潜めていますね」

「それがな。この三月四日に丙寅《へいいん》火事が起こった夜、四ツ谷御門を出た堀端で、永生の勤番侍が同じ永生の侍に斬られた事件があったのを知ってるかい」

「ええ。永生藩勘定方の鏡甚之輔という侍が、浅茅玄羽という納戸方に上屋敷の裏金調べで逆恨みに遭い、闇討ちにされた事件ですね」

「ふうん。詳しいじゃねえか」

「ちょいとそっちもわけありで……その事件が？」

「その夜、自身番に知らせがきたとき、じつはおれが麴町の廻り番でたまたま用が長引いて番屋に居合わせてさ。だから死体の検分をしたのはおれだった。検分をして吃驚《びっくり》したね。侍は肩から胸と背中に二太刀浴びていたんだが、肩から胸にかけたひと太刀がかげろうの手筋にそっくりだったのさ」

「そっくりとは、どういう意味で？」

「おれはかげろうに斬られた死体を全部見てきた。あの見事な手筋の斬り口は、忘れようたって忘れられるもんじゃねえ。まさに名人芸だ。それと、例の脂粉の残り香だ。間違いなくその匂いも残っていた。あのときは、またかげろうが出やがったと思って、どきどきしたぜ」

「永生の侍を斬ったのは、ひとりじゃなかったということですね」

「少なくとも二人はいたはずだ。その浅茅とかいう侍とかげろうのな。ただ、それまでのかげろうの手口は、ひと太刀で相手を倒していたし、ひとりの仕業だった。それと違っていたことが妙に引っかかったが……」

「お奉行に報告は、したんですかい」

「一応はな。けど証拠はねえし、どっちにしてもかげろうの事件は、町方に出る幕はなかったしよ。死体も永生藩の家士が引き取って、それきり調べも有耶無耶《うやむや》になっちまった」

七

七蔵と樫太郎は多田総司と別れ、厚い雲がいっそう低く垂れこめ今にも雪が舞いそうな冬空の下、芝口から小石川御箪笥町の兵武館道場へ向かった。

通りに面した冠木門《かぶきもん》をくぐり、玄関で案内を乞うた。

稽古着姿の取次の若侍に、玄関敷台から磨き抜かれた廊下を辿り、長火鉢の炭火が暖めている客座敷へ通された。

道場から竹刀を打ち合い床を踏み鳴らす音や、気合をかける声が聞こえた。

ややあって現れた道場主・沖田恒成は、黒の袖なし羽織と細袴を正して座り、総髪を髷に結った細面の、四十代半ばと思われる恬然《てんぜん》とした風貌だった。門弟百人以上を抱えた江戸屈指の剣客というより、学窓に身を置く儒者《じゅしゃ》を髣髴《ほうふつ》させた。七歳が磐栄の国の結城家息女・蝶の話に触れると、

「わたしは、あれほどの才を、見たことがござらん」

と、沖田は微妙に表情を変え、ためらいも見せずに言った。

「蝶の才を言い表せば、猛鋭迅利《もうえいじんり》という言葉が相応しいでしょう。無形に仕掛け、相手が気づかぬままに縦横に転化し、自在に変動を操ること、吹く風の如《ごと》し、流れる水の如し……それは修行だけで身につくものではなく、持って生まれた才の為せる技なのです」

「蝶は、それを授かっていたと」

「溢れるほどに。白皙美麗《はくせきびれい》の瘦軀《そうく》とともに天がその才を授けたと言うほかござらん。ただ、女ゆえに蝶には才を導く先が見えなかったのかもしれない」

「導く先が見えないと、どうなりますか？」

「目指すあてのない剣は、剣を使うそれ自体が目あてになる場合があります」

沖田の面差しに物憂げな感情が滲《にじ》んだが、すぐに恬然とした様子に戻った。

「蝶は、己の技量を練磨《れんま》することにのみ凝り固まっておりました。張り詰めた糸のように、剣の修行に耽溺していた。わたしはあやういと思っていた」

「先生は、蝶が真剣で立ち合った経験があると、ご存じなんですね」

「知りません。しかし、御番所の萬さんが蝶のことで当道場にこられたのは、蝶にそれがあったからでは、ありませんか」

沖田はそれ以上、訊こうとはしなかった。

「去年の春、蝶が道場を辞めたわけは病気療養のためとうかがっております。表向きは病気療養でも、表に出せない別のわけがあったのでは？」

「それはない。あったとしても、わたしは聞いておりません。突然、兄の忠義どのが参られ、それだけを告げられた」

「では、病気が癒えたら、蝶はまた道場に戻ってくると？」

「それもない。蝶は道場での修行を、もはや、望んでおりますまい」

「剣の修行を断念したということですか」

「竹刀を打ち合う修行は、蝶にとって意味がないということです」

道場から一斉に合わせた声が、えい、えい……と聞こえてきた。

「当道場で、蝶と対等に打ち合える相手は数えるほどしかいなかった。じつのところ、師範代でも三本勝負の二本は取られたでしょう。蝶が師範代にならなかったのは、女だからではなく、蝶の剣が人を導く技ではなかったからです」

沖田は、道場の声に耳を澄ますように、閉じた障子に眼差しを泳がせた。

「蝶が道場を辞める四、五ヵ月前でしたか、道場である噂が広まりました。蝶が女になったと。その理由が蝶が弱くなったからと。竹刀で打ち合うことを恐れ始め、稽古が生温《なまぬる》うなったからと。埒もない噂でござるが」

道場を辞める四、五ヵ月前なら、かげろうの辻斬りが始まった冬になる。

「真偽は誰も知らぬ。ただ、噂を裏づけるように兄の忠義どのが自ら蝶を道場に迎えにこられるようになり、あれは蝶を女にした男と逢引《あいびき》させぬための監視だと、みなしきりに申しておりました」

沖田は視線を七蔵に戻した。

「確かに蝶は、道場での竹刀の打ち合いに興味を失っていた。しかし、蝶は決して弱くなってなどいなかった。むしろ、そこにいるだけで殺気すら漂わせ始め、妖しく危険な気配が、物《もの》の怪《け》のように蝶を取り巻いていました。わたしは、蝶がどこかで誰かを斬ったのではないか、という気がいたした。誤解をなさらぬように。繰りかえしますが、わたしはそれが事実かどうか知りません」

「蝶を女にした、そのような男が、本当にいたのですか」

「さあ、どうだか。もし仮にいたとして……その者が蝶をあのように変えたのであれば、蝶にとって良き縁《えにし》とは言い難い」

稽古がすんだらしく、道場の激しい声がなごやかなざわめきに変わった。

「これも、埒もない噂のひとつだが」

しばしの黙然のあと、沖田はぽそりと言った。

「当道場に、永生藩の浅茅玄羽という侍が、以前、稽古にきておりましてな」

「浅茅玄羽？」

「ふむ。その浅茅が、今年の正月から道場に顔を見せなくなった。で、三月になって上屋敷に問い合わせさせたところ、浅茅は自らのある不正が発覚し、家中の同僚を闇討ちにして出奔したとわかりました。それでわれらも驚いた次第ですが、もっと驚いたのは、浅茅が出奔したとわかった三月の終わりごろ、浅茅が蝶と暮らしておるらしいという噂がたちました」

「蝶が永生藩の浅茅と？」

「さようです。さては蝶を女にしたのは浅茅だったのかと、門弟たちの間でいっとき話題になったことがござった」

意外な思いが、七蔵の脳裡を目まぐるしく回転していた。

「門弟の者が、出奔する直前の浅茅が、おれは蝶と深い仲なのだと吹聴しておったと又聞きした話を、酒の席で披露した。たぶん、それに尾鰭《おひれ》がついて風のように広まっただけで、事実はわかりません……」

ここにくる前、多田から、音三郎の兄・甚之輔を闇討ちにした事件は、浅茅ひとりの仕業ではなくかげろうもいたはずだと聞かされたとき、浅茅とかげろう、つまり蝶の間にいかようなかかわりがあったのか、見当がつかなかった。

それが、兵武館道場の門弟同士だったのなら、蝶と浅茅にかかわりが生まれても不思議ではない。

斎藤弥兵衛は、知っているのか。いや、知るまい。知っているなら言ったはずだ。蝶を川越領の勝瀬に隠したのは斎藤なのだろう。

斎藤ほどの男が、蝶の隠れ家に浅茅のような者を住まわせるはずがない。

八

九ヵ月ほど前の文化三年二月初旬の昼日中、浅草山谷から向島《むこうじま》三囲《みめぐり》神社の北東方をつなぐ竹屋《たけや》の渡しから、梅で名高い小梅《こうめ》村への少し肌寒い田舎道を、黒木綿の袷羽織に小倉袴の侍が、あてのない歩みを重たげに進めていた。

年のころは三十代半ば、憔悴《しょうすい》した侍の顔に、不安と憎悪が陰影を落としていた。

野道の両側の春田《はるた》に蓮華の花がそろそろ咲き始め、そこかしこで春の鳥がうららかに鳴き乱れていた。

北方の秋葉《あきば》神社の小高い山の松並木が、霞《かす》みを帯びた空に春の眺めを凝らし、野道には日和に誘われた遊山《ゆさん》の客が、ちらほらといき交っていた。

その道の途中、花の時期がすぎた梅林に囲まれて出茶屋が小屋がけしており、葦簾《よしず》張《ば》りに緋毛氈《ひもうせん》を敷いた長腰掛を並べ、赤襷《あかだすき》の茶汲《ちやく》み女が客を呼んでいた。

侍は茶汲み女の声に誘われて、長腰掛にふらふらと腰を下ろした。

黒鞘《くろざや》の太刀を左脇に乱暴に置いたとき、背後の長腰掛を占めて国訛《くになまり》で談笑していた三人連れの侍たちが、不審げに振りかえった。

侍は三人連れに視線を流し、ふん、と鼻で笑った。

三人連れは、どこかの家中の勤番侍が、非番で向島へ遊山にきたのだろう。年のころは三十すぎあたりで、すぐに国訛の賑やかな談笑に戻った。

が、侍は三人連れの声高な談笑が気に入らない様子で、しつこく後ろを振りかえった。茶汲み女が香煎湯《こうせんゆ》を運んでくると、侍は二口三口碗をすすり、

「ぐだぐだと、うるさいのう」

と、背後の三人連れへ、聞こえよがしに吐き捨てた。

談笑がぴたりと跡絶え、三人はまた侍を振りかえった。

今度は顔色を変えて睨んだ。

「風情も何も知らぬ田舎者が、何が四季折々の景色を愛《め》でるだ。芋臭い長屋で安酒を食らっておるのが、似合いなのだよ」

不穏な気配が茶屋のほかの客にも伝わり、なごやかな様子が急に冷えこんだ。

三人連れは、ひそひそと何事かを交わし合った。

知ってか知らずか侍は、己の胸の鬱屈《うっくつ》を吐き出さずにはおれぬかのように、ふん、ふん、と鼻をしきりに鳴らした。

すると三人連れは茶汲み女に勘定を頼み、やおら長腰掛を立った。

侍はそれを睥睨《へいげい》して、またしても鼻で笑った。

勘定を受け取った茶汲み女が、険悪な気配を察して、そわそわしている。

と、三人連れがいきかけた刹那だった。

侍の脇の太刀が鞘ごとはじき飛ばされ、日中の路上にがらがらと転がった。

何をする——と思う間もなかった。

三人連れのひとりが左から侍の首根っ子と左腕を押さえ、ひとりが右腕を捻《ひね》って侍の小刀を抜き取り、それも道へ投げ捨てた。

侍の大刀を己の大刀の鐺《こじり》で弾き飛ばした三人目は、悠然と道に出て路上に転がった大小を道端の叢《くさむら》にさらに蹴り飛ばした。

刀を左手につかんだまま振り向き、左右から両腕と首筋を押さえられ引きずり出された侍の顔面を、柄で烈《はげ》しく殴打した。

侍は喚き、顔を仰《の》け反らせた。

刀の鍔《つば》が目尻を裂いて、血が見る見る滲んだ。

仰け反った顔が戻るとまた殴打が浴びせられ、再び仰け反り、なおも戻ると殴打が五度まで繰りかえされた。

侍の顔はたちまち赤く腫《は》れて歪み、鼻血が滴り、唇も切れ、朦朧《もうろう》となって膝を折った。左右の侍が腕を離すと、侍は声も出せず俯せに倒れた。

「呆《ぼ》けが。うるさいのじゃろうが。聞こえんようにしてやろうかい、よおっ」

殴打した男が憎々しげに罵声を加え、侍の首筋を草履で踏みつけた。

侍の耳に鐺を押しつけ、もみこむように突き入れた。

意識の残っていた侍は、悲鳴をあげた。

あとの二人も嘲罵《ちようば》を浴びせ、侍の脇腹や股間《こかん》を繰りかえし蹴った。

通りかかった遊山客や出茶屋の客が周囲を取り巻いたが、誰も三人の剣幕に畏れをなして止めに入れない。

が、突然、侍を踏みつけていた男の身体が宙を飛び、道端の春田の草の中へ転がり落ちた。続いて、ほかの二人もよく呑みこめぬうちに、春田の叢へ転倒し、見物人の間から、わあ、と喚声《かんせい》があがった。

三人が立ち上がり、おのれと身構えた。

すると、長身痩軀の侍が道から春田に下りてくるところだった。

侍は萌葱の小袖に琥珀《こはく》色の仙台平《せんだいひら》の袴、素足に雪駄、腰には日輪に映えた朱鞘の大小を帯び、目深に被る菅笠の下、顔は隠れて見えないが、白磁のごとき滑らかな頤《おとがい》に、紅もささぬのに赤く燃える唇を微《かす》かにゆるませていた。

「何やつ。名乗れえっ」

三人が刀の柄に手をかけた。

しかし侍は微塵《みじん》も怯《ひる》まず、手を両脇に遊ばせたまま、のどかな歩みで三人の中心に踏みこんでいく。

その様子に、三人の方が逆にたじろいだ。

道端で取り巻いている見物人らもぞろぞろと田に下りて、遠巻きにした。

それぞれ抜刀し、獣のようにうなって上段と正眼に構えた。

「覚悟はええかあっ」

上段にとった侍が叫んだ直後、三人の剣が、陽射しを受けて光った。

三人は菅笠の侍の周囲で小さく動いて態勢を変え、一歩か、あるいはせいぜい二歩、前後左右に立ち位置をずらした。

一方の菅笠の侍は、三人を見廻すようにゆっくりと舞った。

それだけだった。

ひとつ妙だったのは、侍がいつの間にか刀を抜いていたことだった。

しかも三人に取り囲まれた中で、抜いた刀を朱鞘に納めているのだ。

遠巻きにしている見物人らは、あの侍、いつ抜いたんだと、訝しく思いつつも、ともあれ、この決着はどうつくのかと固唾《かたず》を呑んで見つめていた。

ところが、刀を納めた侍は踵《きびす》をかえし、見物人の方に戻ってくるではないか。

おや？　誰もが思ったそのとき、見物人が一斉に驚愕《きょうがく》の声をあげた。

侍の後ろで、三人が春田の草にじゃれつくように倒れたからだった。

三人は雄叫《おたけ》びひとつあげなかった。

侍は平然と歩んでくる。

見物人らが前を空けると、道端の叢から黒鞘の大小を拾った。

そして、道でまだぐったりとしている侍を抱き起こした。

「浅茅玄羽どの、わたしを覚えているかえ」

玄羽の耳元で、菅笠の侍がささやいた。

「……は、ちょう、どのでは……」

「ここで会うたのも、なにかの縁じゃ。助けて進ぜる」

蝶は嫣然《えんぜん》とし、おのが肩に玄羽を軽々と担いで、平然と立った。

見物人は、なんだなんだと、それにもざわめいた。

出茶屋の茶汲み女が走り寄って、蝶の仙台平の袴の裾についた草を払い、恐るべき力を秘めた痩軀をうっとりと見上げた。

誰も蝶を女とは気づかなかった。

暮れ六ツ、神田川に望む牛込御門外の船宿・安吾屋《あんご》の二階座敷。枕屛風《まくらびようぶ》を引き廻した中にとった床で、一糸《いっし》まとわぬ男と女が激しくもつれ合っていた。

女の艶やかな碧《みどり》の黒髪が、一点の濁りもない雪のやわ肌を滑り、すずやかに伸びた長い四肢が、男の浅黒い肌に蛇《へび》のように絡みついていた。

しっとりと汗ばんだ女の顔は、仮面の奥に幽鬼を宿したかのごとく、不気味なまで妖しく艶めいて、飽くなき快楽を貪《むさぼ》り続けていた。

燭台《しょくだい》の薄灯りが、獣じみた変化《へんげ》の影を屛風に映していた。

「ち、蝶どの、苦しい……もうだめだ。もう、許して、くれ……」

「意気地なし。これしきのことで。玄羽どのはそれでも男か」

蝶は玄羽の身体を組み敷き、なおも盛り上がった双臀《そうでん》を蠢《うごめ》かした。

「すまん。あ、あちこちが痛うて、身体が言うことを、聞かんのだ」

「きかんのは身体ではのうて、玄羽どのの性根じゃ。詮ないことを、いつまでもうじうじとわずろうて。だからあのような目にも遭う」

蝶は玄羽を担いで隅田川端までいき、川漁師の舟を雇った。

大川から神田川を溯《さかのぼ》り、船宿・安吾屋に上がった。

「蝶どのには、お、おれの苦しみが、わかっておらんから、そんなことが言えるのだ。このままだと、おれは腹を切らされる」

「ほほほ……切ればよいではないか。玄羽どのは、武士であろう」

「いやだ、いやだ。おれは、やつらに罪を着せられた……ああ、蝶どの、もそっとゆっくり、頼む……」

去年の暮れ、永生藩上屋敷において、裏金を不正に捻出して遊興に使っていた勘定方と納戸方の数人の名が上がり、浅茅玄羽もその中のひとりだった。

折りしも上屋敷では、財政逼迫《ひっぱく》に絡み、蔵元への借財が膨らむ台所事情に、家中で重役たちの失政を糾弾する声が高まっていた。

裏金発覚後、処分は追って沙汰すると謹慎を言い渡されていた玄羽らに、重役たちが、表向き不正を犯した者を咎《とが》める名目で、じつは自らの財政破綻《はたん》の責任を玄羽らになすりつけようと画策している、という噂が聞こえた。

その画策のために、勘定方の鏡甚之輔が奔走しているというものだった。

このままでは奸臣《かんしん》どもの謀略で詰腹を切らされると推量し、激昂した。

玄羽は、自分らを陥れようと謀《はか》る一味、殊に奸臣たちの走狗《そうく》となっている鏡甚之輔を烈しく憎悪した。

二月初旬のその日、玄羽は屋敷を密かに抜け出し、江戸市中を彷徨い、竹屋の渡しから向島に渡り、あてもなく小梅村への道を辿っていた。

「どうせ死ぬなら……憎き奸臣を斬り捨てよ。蝶が手伝ってやる」

不意に蝶が、この世の者とも思えぬ凄艶な眼差しで玄羽を見下ろした。

思いがけない言葉に、玄羽は戸惑った。

「おれの、か、介錯《かいしやく》も、蝶どのが、するつもりか」

「違う。江戸を出るのだ。蝶が匿《かくま》うてやる」

「匿う？」

「国を捨て、主家を捨て、名を捨て、蝶の夫《つま》となって、名もなき田夫となって生き延びよ。蝶が玄羽どのを養ってやる」

玄羽は唖然《あぜん》とした。この女は何を言っているのだ。武士として死ぬのではなく、破滅して落ちて生きよと言っている。

愚かな。武士にそんなことが、できるはずはない。

なぜだ。結城家の息女であり、これほど美しき女がなぜおれを拾おうとする。

偶然、出会うただけのおれとともに、破滅の道をなぜ歩もうとする。

その刹那、玄羽は慄《おのの》いた。

蝶の目の奥に燃え盛る地獄の沙汰の炎が、そのとき玄羽に見えたからだ。

その炎に、焼き尽くされるおのれが見えたからだ。

この女は狂うておる——玄羽は身の毛もよだつほどの眩暈《めまい》を覚えた。

九

夕刻、とうとう細かい雪が舞い始めた。

「お帰りなさいまし。お客さまがお待ちになっていらっしゃいます」

組屋敷に戻ると、梅が言った。

「磐栄の九重徳英さまと仰るお侍さまです。斎藤弥兵衛さまのお知り合いと申せばわかると仰られましたので、部屋にお通しいたしました」

はて、磐栄の九重徳英といえば、昨日、日本橋で浪人者に絡まれていた旅侍ではと思いつつ奥座敷にいくと、丸い背中と総白髪の髷に見覚えのある徳英がいて、そちらも吃驚したように目を丸くして七蔵を見上げた。

「なんと、ご貴殿が萬七蔵どのでございましたか」

徳英は、昨日の旅疲れは見えぬものの、老いの皺《しわ》が目だつ顔をいっそう皺だらけにして、鼠《ねず》の羽織を纏《まと》った痩せた身体を折り曲げた。

「どうぞ、手を上げてください」

「昨日はあやういところをお助けいただき、お礼申し上げます。あらためまして、わたしは磐栄の国、筆頭家老職結城家に、家令として四年前までお仕えいたしておりました九重徳英でございます。また今般は、わが結城家の窮状にさいし、萬どののお力添えをいただくことに相なり、まことに痛み入ります」

徳英は、持参した菓子折りに伊予紙《いよがみ》に包んだ小判を添えて差し出し、再び頭を畳につきそうなほど深く下げた。

磐栄丹羽家筆頭家老・結城家の表向きは、先代頼母が召し抱えた斎藤弥兵衛が用人として今は差配しているが、台所事情については先々代の結城則重《のりしげ》、先代頼母、当代の忠義まで、九重家が家令として与《あずか》ってきた。

徳英は、今年六十七歳。今は家令の職を長子、九重正樹《しょうじゅ》に譲り、隠居の身に退いていた。

徳英がすでに隠居の身でありながら、老体を押して陸奥より単身出府した翌日、七蔵を訪ねたのは、主・忠義の意を受け、忠義妹・蝶の処置を実行に移す手はずを、整えるためだった。

というのも徳英は、今から十八年前、前当主・頼母の命で、三歳になったばかりの蝶に、ゆくゆくは輿入れするであろう大家の正室たるに相応しい美徳や教養を施す守役を命ぜられ、その役目を蝶が江戸に出るまで果たしてきた。

「結城家の家臣の中では姫さまのことを最も詳しいということで、老いぼれが最後のご奉公に忠義さまより差し遣わされたのでござる」

徳英は、寂しげな笑みを浮かべて言った。

「幼きころの蝶さまは、それはそれは、小さな光り輝く玉のような姫さまであられた。日毎《ひごと》に美しゅうお育ちになり、日毎に知恵深うなられたあのころ、守役でありながら、近づくことさえ畏れ多く思えたものでござった」

と、過ぎた日を懐かしむように目を細めた。

「美しさ、聡明さ、人をはるかに抜きん出た才。由緒ある血筋、殿さまと奥方さまの深い慈しみ、兄、忠義さまの蝶さまへの愛、姫さまはあまりに大きなものを天より授かっておられた。それゆえ、失うものも大きい」

七蔵は梅に酒の用意をさせた。

「姫さまが弟君であられたら、このようなことにはならなかった。蝶さまが兄の忠義さまを頼って江戸に出られるとき、お引き止めすべきであった。すべては守役のそれがしの、落ち度でござる。それがしがいたらなかったからでござる。まことに口惜《くちお》しい」

徳英は顔色も変えず杯を数杯乾すと、冷静な口調で言った。

「蔦どの、蝶さまの元へは、それがしがご案内つかまつるが、よろしゅうございますな」

「結城家がよろしければ、わたしに異存はありません」

「かたじけない……」

「川越領の勝瀬が在所でしたね。場所はおわかりなので」

「一夜《ひとよ》かかりますが、花川戸から舟運《しゅううん》で向かうのがよろしかろう。隅田川、新《しん》河岸《がし》川を溯《さかのぼ》って川越領の福岡《ふくおか》河岸で舟を降り、川堤を四半刻ばかり下った、田畑に百姓家が点在するばかりののどかな村でござる」

「よく、ご存じですね」

「この三月初め、川越領松平家の知人の伝を頼って、勝瀬村に蝶さまをお隠し申したのは、それがしでござる。江戸へはこの度で二度目になり申す」

「斎藤さんが、取り計らったと、うかがってました」

「なんの。あの御仁は自らの手を汚すようなことはなさらん。すべてはあの御仁の頭の中で練られるが、それを果たすのはわれらでござる。出府したあと、斎藤どのは蝶さまに一度もお目にかからず、何もかもひとりで取り仕切り、この度のことも決めた。お目にかかって情が入っては却って結城家のためにならんと申されて。だがそれが、家臣の主に対する正しき作法でしょうかな」

杯を持つ手が細かく震え、酒が少しこぼれた。

「蝶さんは勝瀬の隠れ家に、男と住んでいるというのは本当ですか」

「……三月早々、勝瀬に蝶さまをお隠し申し、すぐさま国元に戻って頼母さまにご報告申し上げたが、そのあと斎藤どのの急な書状が届いて、蝶さまが勝瀬の隠れ家に男を引き入れており、いかが取り計らうべきか、殿のご判断を仰いでこられた。あの折りの頼母さまのお悩みようは、端で見ていられなんだ。蝶さまはもう狂うてしまわれたと、考えるしかござらん」

徳英は辛そうに顔を歪めた。

「殿は、捨てておけ、と言われた。殿も忠義さまも、守役のそれがしも、蝶さまの振舞いを止めることなどできなかった」

「浅茅玄羽ですね」

七蔵が言うと、徳英は酔いに潤んだ目を杯に落とした。

七蔵は、三月四日、永生藩の鏡甚之輔が闇討ちに遭い、その首謀者が同藩の浅茅玄羽で、闇討ちにはかげろうが加わっていたらしいこと。そして永生より兄の敵・浅茅玄羽を追って、弟の鏡音三郎が出府していることを教えた。

「斎藤さんは浅茅玄羽のことを、わたしに言わなかった」

「申しわけござらん。斎藤どのも言いにくかったのでござろう」

「九重さん。そうなると、助っ人がいる。誰を頼むかは、わたしに任されております。その鏡音三郎という侍を助っ人に連れていきますよ」

「萬どのの、よろしいように」

十

翌朝、雪はやみ、昼すぎには雪解け道がぬかるんで、歩くのに難儀した。

夕刻、作右衛門ふね夫婦の家の離れに七蔵と樫太郎が音三郎を訪ねた。

日が落ち、六畳間の南向きの障子を蒼く染め、音三郎が灯した行灯の明かりが座敷の三人を淡あわと包んでいた。

台所で綾がなにかを拵《こしら》えていて、包丁の刻む音がし、香ばしい煮炊きの匂いが漂ってきた。

「わかりました。わたしを連れていってください。いかねばなりません」

音三郎は高揚して言った。

「わかってる。ただし、玄羽にはかげろうという凄腕がついている。女の身だが、なまじっかな相手じゃねえ。おれも音さんも、生きて戻れるとは限らねえ」

「国を出たときから命を捨てる覚悟はできています」

「旦那、あっしも覚悟はできてまさあ」

傍らで樫太郎が言ったので、七蔵と音三郎は小さく笑った。

「出発はいつになりますか」

「明後日《あさって》夕方、花川戸から舟運で勝瀬村へいく。九重さんによれば、翌日は蝶の父親・結城頼母の月命日で、蝶は毎月の月命日の朝、川越城下の養寿院《ようじゆいん》という寺に法要に出かけるそうだ。帰りは暗くなるはずだ。その夜道を狙う」

国元の結城家から蝶には今も金が密かに渡っていて、徳英が当主・忠義に命じられその役目を引き受けていた。

「なら、江戸の暮らしも、あとわずかです」

障子の向こうに、浅草田圃が寂々《せきせき》として暮れなずんでいた。

ほどなく綾が、切り干し大根や牛蒡《ごぼう》、山の芋、梅干、豆腐などを甘辛く煮た煮物と、「祖父のいただいた物です」と、干鱚《ほしきす》の焼き物、それと香の物に燗をした酒を用意して三人の前に並べた。

「こいつは美味そうだ。堪らんなあ。綾さん、いつも面倒かけてすまねえ」

「今日はわたし、いただこうかしら。音三郎さん注《つ》いでください」

綾が猪口を両手に持って、音三郎に差し出した。

「あっしもいただきやす。旦那、お願いしやす」

樫太郎が猪口を取って、七蔵に言った。

「樫太郎もやるのかい。飲め飲め。こういうのは人数が多いほどいいんだ」

ふと、音三郎がなにかを思いたったように、傍らの文箱から、細かな紋様の入った布包を出した。

「綾さん、これを差し上げます。もらってください」

音三郎は綾の手を取り、白い掌に載せた。

「前から、綾さんに差し上げたくて、少しずつ手を入れていた根付です。昨日から今朝までかかって、一気に仕上げました」

解いた包の中に、艶やかな江戸町娘の根付がちょこんと載っていた。

「とっても可愛らしい出来栄えでやんすね。綾さんにぴったりだ。こいつはいい記念になりまさあ」

猪口一杯の酒で目の縁をほんのり赤くした樫太郎が、にこにこと笑った。

だが綾はなにも言わず、じっと根付を見つめた。

その黒目がちな双眸《そうぼう》に、ちょっと儚《はかな》げな愁いが見えたように七蔵は思った。

「わ、わたし……ありがとう、音三郎さん」

短い間をおいて綾が、無理やり明るく微笑んだ。

音三郎と樫太郎が嬉しそうに笑っている。

綾は微笑みを音三郎に向け、根付を握り締めた。そして、

「音三郎さん、お国に帰ってお城勤めをなさるんですね……」

と、それは寂しそうに言った。

そうか、無理はねえかな——七蔵は綾の気持ちがわかり、胸が少し熱くなった。

十一

一年前の文化二年初冬、結城忠義は蝶の居室の襖を激しく開けた。

蝶は座敷の隅に端座し、組みたて鏡台の枠にかけた丸いびいどろ鏡に白皙を映し、肉感をほのかにそそる唇に鮮やかな紅を掃いていた。

鏡台を載せた黒漆蒔絵《まきえ》の鏡箱から、女らしい化粧道具がのぞいていた。

蝶は座敷の隅から兄を見遣り、莞爾《かんじ》と微笑んだ。

薄紫の小袖に紫紺の袴、総髪を同じ紫の組紐《くみひも》で結え背に長く垂らしている。

忠義は走り寄り、蝶に詰め寄った。

「ちょう、蝶、そなたは何ゆえ……」

だが忠義は、蝶の周りにたゆたう抗《あらが》えぬ妖気に言葉を失った。

小石川の蓮華寺坂で、小笠原家の勤番侍が辻斬りに遭った翌日の午後、江戸市中では瓦版が、影を潜めていたかげろうの出現を妖怪変化のように伝えていた。

妖気に射すくめられた忠義は、怒りが萎《な》えていくおのれの弱さをなじった。

床の間の刀架けに朱塗り鞘の大小がかけられている。

忠義は蝶の太刀をつかみ、朱鞘を払った。

伊勢村正の刀身が人の血を吸い、青く光っていた。

秀才の誉れ高い端正な顔を醜く歪め、忠義は村正を投げ放った。

村正は座敷を越えて柱に刺さり、かたかた……と揺れた。

忠義はおのれの小刀を抜き、蝶の鶴のような喉首を鷲づかみにし、切っ先を蝶の胸元に突きつけた。

兄の強い力で喉を絞められた蝶は、ああ、と小さくうめいた。

「これ以上生かしてはおけん。そなたを刺し、わたしも腹を切る」

蝶はわずかに眉をひそめた。

だがその曇った眼差しさえ媚態《びたい》となって、忠義の動揺を誘った。

「兄上、お刺しになりますか」

蝶はかすかに青みを帯びた目で忠義を見上げた。

「是非もない」

「うれしい」

うっとりと言って、目を閉じた。

「わたしを斬れるのは、兄上だけ。わたしはもうわたし自身をどうすることもできない。わたしは恐い。このまま狂うていくわたしが恐い。兄上、わたしを殺して。わたしを救って……」

蝶の言葉に、忠義の手は震え始めた。

忠義は目を大きく瞠《みひら》き、蝶を睨んだ。そして小刀を畳に激しく突き刺した。

「ちょうっ」

忠義は蝶をひしと抱き締めた。

蝶は忠義に抱き締められるままになっていた。

台所の勝手口の側にある下男部屋では、日本橋の口入れ屋の周旋で雇われた一季奉公の伊佐治《いさじ》とお紺《こん》夫婦が、息を殺していた。

夫婦は主の忠義より、病気療養中である蝶から目を離してはならず、蝶が出かけるさいは必ずどちらかがつき従い、もし蝶が二人に隠れてひとりで出かけたなら、永田町上屋敷の忠義に至急知らせることを命じられていた。

ただし、忠義がきたときは蝶の居室には近づいてはならぬと、それも固く言い渡されていた。

十二

翌日の夜五ツ刻、七蔵は組屋敷の井戸端で桐油《とうゆ》を染みこませた油紙の包みを解き、ずっしりと手応えのある同田貫《どうたぬき》の打刀《うちがたな》をつかんで、石目と黒塗り分けの鞘から抜いた。

砥石《といし》の傍らに置いた手燭の灯りが、刃渡り二尺五寸（約七六センチ）の簾《すだれ》の刃文に映え、七分の反りがそれだけで空を斬り裂いているかのようであった。

七蔵は柄から柄頭の縁金《ふちがね》と黒の撚糸《ねんし》を解き、目釘《めくぎ》を外し、柄頭を砥石に軽くとんとんとあて、柄と本鉄地の鍔を取って刀身を抜き出した。

茎《なかご》には目釘孔《あな》と鑢目《やすりめ》はあるが、銘は打っていない。

祖父の清吾郎が、同じ井戸端でこの刀を砥ぎながら、

「これは銘もなき刀だ。銘を砥ぐのではない。自分の心を砥ぐのだ。わかるか、心に迷いが生じたとき、おまえもこうして砥いでみよ。心が座る」

と、父を亡くしたあとのまだ子供の七蔵に言った。

清吾郎は研ぎ終わり綺麗に拭った刀を、鍔を区《まち》にあて、柄をしっかり戻し、目

釘を打って丁寧に撚糸を巻き上げ、鞘に戻した。

清吾郎の匠《たくみ》を思わせる手捌《てさば》き指使いを、七蔵は受け継いだ。

しぃぃ、しぃぃ……と鋼の奏でる砥ぎ音が、七蔵の心に染みこんでいく。

「わしもおまえの父も、この刀を使ったことがない。おまえも使う必要はない。それを心に刻んでおくのだ」

祖父は言った。

だが七蔵は、明後日になるであろう蝶との闘いに、この譲り受けた同田貫を使うつもりだった。それを、宿命のように感じていた。

砥ぎを終えると、打刀の拵えを元に戻し、夜の闇の中で正眼に構えた。

上段に振りかぶり、大きく踏みこんで振り下ろす。

闇を裂いて同田貫は、ぶん、とうなった。

足の運び、腕の振り、身体の中心線の移動、呼吸、目、意志、すべてがつながり、ひとつにならなければならない。

すべてが刀に収斂《しゅうれん》される。

七蔵は、そのひと振りが手に馴染むまで、繰りかえし闇を斬り続けた。

「旦那さま、お客さまがお見えです」

梅が台所の土間から勝手口に出てきて、七蔵に言った。

「これはこれは……」

七蔵が座敷に入ると、六十代の半ばを超えている田町の作右衛門は、金鍔《きんつば》の菓子折を差し出し、頭を畳につけるばかりにして言った。

「このような夜分突然に、まことに申しわけないことでございます」

「作右衛門さん、この寒空に遠いところを、さぞかし冷えましたろう。さあさあ、火鉢に手をあててくだされ」

作右衛門は穏やかに老いた顔を上げ、「お言葉に甘えまして」と火鉢に手を翳《かざ》し、二言三言、一昨日から急に冷えこみの厳しくなった時候の挨拶などをさりげなく口にしたあと、

「あの、恥を申し上げますが」

と、言いにくそうに切り出した。

「おうかがいいたしましたのは、孫娘の綾のことでございます」

七蔵は頷いた。

「昨日夕刻、鏡さんの離れから戻ったあとの綾の様子が、どうも変なのでござい

ます。わたしどもに何も言わず、二階の部屋に上がって下りてこなくなり、家内が様子を訊ねにいっても、部屋からは出てこず、なんでもないと答えるばかりで、どうやら泣いていたようなのでございます」

作右衛門は言った。

「今朝も、いつもどおり家の中のことはやっておるものの、わたしどもが何を言っても上の空で、どこか物憂げで、とき折り、ぼんやり物思いに耽《ふけ》っておる様子でございました。家内が心配いたしまして、鏡さんに昨夜から綾の様子がおかしいが、なにか心あたりはありませんかと訊ねたところ、鏡さんの方も困ったような顔をなさり、あの、その、と要領を得ないのでございます」

七蔵は、ふうむ、とうなった。

「綾が鏡さんを前から好いておるのは、わたしどもも薄々気づいております。綾が沈んでおるのは鏡さんを好いた思いゆえではないかと推し量ってみますものの、永生藩の由緒ある武家の血筋を引かれながら、なにやら事情があって仮初《かりそめ》に浪人暮らしをなさっておられることはわかっております。鏡さんを町娘の綾がどれほど好いたとて、こればかりはどうにもなりません」

七蔵はひとつ、頷いた。

「とは言え、もしそれが原因であれば綾の思いが不憫《ふびん》で、可哀想で、このままだと綾の身になにかが起こるのではと気がかりで、年寄り夫婦揃って取り越し苦労をいたしております」

「お察し、します」

「それで、萬さまなら昨夕の詳しい事情をご存じではないかと、家内と相談いたし、ご迷惑ではございますが、突然、おうかがいいたしました次第で」

七蔵は、作右衛門の孫娘への気持ちが、哀れで気の毒だった。

孫娘を亡き親に代わってひたすら慈しみ育んできた。

この人なら音三郎が抱えた事情を話しても、きちんと腹にしまうだろう。

七蔵は作右衛門に、音三郎の抱える事情を語った。

そして数日前、兄の敵の居所がようやく知れ、江戸を出ることになった経緯を、辻斬りのかげろうの事件は伏せたまま話して聞かせた。

「そういうことで、ございましたか」

作右衛門は、肩を落とした。心なしか、落胆の色が見えた。

「よくお話しくださいました。ただ今のお話は、わたしの胸のうちだけに納めさせていただきます。わたしが言うのもなんですが綾は賢い娘でございます。きっと、分別はしてくれますでしょう。あの子はそういう娘でございます」

作右衛門が言い、人を労わるような笑みを浮かべ優しく頷く様を見て、七蔵はほろりとさせられた。

十三

江戸はまた朝から雪になった。

昼をだいぶすぎて雪がようやくやみ、夕刻、七蔵、音三郎、樫太郎、それに九重徳英が浅草吾妻橋北側の花川戸の河岸場に集まったころには、雲の切れ間から夕日がのぞき、雪化粧をした江戸の町を染めていた。

七蔵は白帷子《しろかたびら》の上に身軽さを考慮して綿入れにはせず黒の袷を着、縞の小倉袴、手甲脚絆《てつこうきやはん》、紺足袋に草鞋を履いて羅紗合羽《らしやがつぱ》に菅笠を被っていた。

腰には柄袋をかけた脇差一本で、茣蓙《ござ》を巻いた細長い荷を脇に抱えた。

音三郎は藍錆《あいさび》の小袖に裁着袴《たつつけばかま》、手甲脚絆、紺足袋、草鞋履き、木綿の半合羽と籐笠、腰の関ノ兼氏の二本も厳しい。

そして徳英は、深編笠を脇に携え、柄袋をかけた大小を腰に差した旅姿に羅紗の長合羽を羽織っていた。

樫太郎は、蘇芳《すおう》色の着物を尻端折り。肥後《ひご》木綿の半合羽と菅笠、背には風呂敷包の荷物をからげた旅の小商人《こあきんど》の風体である。

「様子を探ってもらう。旅の行商みてえな格好できてくれ」

樫太郎は七蔵から言われ、荷物の中には、少量の餅《もち》と酒、晒し、腹下し用の丸薬、火打袋、替えの足袋と草鞋などを入れていた。

河岸場には白い帆かけの七十石ほどの早船が係留してある。

赤々と篝火《かがりび》を焚《た》き、肥料に使う糠《ぬか》、灰、干鰯《ほしか》などの荷物を、数人の船頭と舟人足が船尾のほうの荷の間に積みこんでいて、干鰯独特の臭気が河岸場に漂っていた。

大川向こうの浅瀬で泥鰌《どじょう》を漁《あさ》っている二羽の白鷺《しろさぎ》が、なにかに驚いて舞い上がってはまた舞い下りてきた。

日が落ちるころ、東の空に青白い月が懸かり、舳先《へさき》に提げた篝火は、ぱちぱちと弾け、川面に火の粉を散らした。

「積みこみがすみ次第出すでよ、お客さん方は船に乗ってくれ」

布子《ぬのこ》の半纏《はんてん》に鉢巻のごつい船頭が、河岸場の船客に呼びかけた。

船客は、帆柱より前方の船頭も寝起きする《せじ》という屋根の低い狭い小屋に入ったが、中は平らな船板に筵を敷いただけで、火の気はなく、身を縮めて一晩の船旅に耐えなければならなかった。

鉈豆煙管《なたまめギセル》をくゆらせている小商人と、姉《あね》さん被りに三味線を抱えた二人の瞽女《ごぜ》、それに七蔵たちの四人が、《せじ》の筵に腰を落ち着かせた。

「これでも、雪道の街道を歩くよりは、ましでございましょう」

徳英が鼻の頭を赤くして、七蔵に話しかけた。

「まったく、地獄と極楽ほど違いますよ」

「さようさよう。それがしの領国の陸奥では、江戸の冬とは較べ物になり申さん。陸奥の冬の寒さを思うと、この船は極楽じゃ」

徳英は河岸場にきて七蔵に引き合わされたばかりの音三郎と樫太郎に、そつなく目配りを送った。

樫太郎が徳英に打ちとけて聞いた。

「陸奥は、雪がたんと降るんですかい」

「たんと降るとも。樫太郎どのは陸奥へいかれたことはござらんか」

「あっしは江戸を出たことがありやせん。これから向かう川越が初めてで」

「わたしの国では、雪が人の背丈より高く積もります」

緊張して寡黙だった音三郎が、ふと故郷を思い出したかのように言った。

「そうか。鏡どのは中越でござったなあ。それほど雪は降り申すか」

「はい。魔物の仕業のように降ります」

江戸しか知らない樫太郎が、へえ、人の背丈よりと頭の上に手を翳し、ひょうきんな仕種をしたので、あとの三人が噴き出した。

そのとき外の河岸場に、三味線の婀娜な音色が流れた。

旦那、萬の旦那——と、お甲の声だった。

三人に「すぐ戻る」と声をかけ、《せじ》を出ると、お甲が篝火を焚いた河岸場の桟橋に立っていた。

そうめん絞りの手拭を吹き流しに被り、赤紫の小袖に素足に下駄で、三味線を抱え微かな笑みを見せて七蔵に目配せした。

七蔵は河岸場に上がり、板葺きの船待ち小屋の自在鉤《かぎ》に薬缶《やかん》を吊るした火のそばへお甲と並んで立った。

「お甲の三味線だと、すぐにわかった」

「寂しいときは、手放せないんですよ。どこへ出かけるにも……」

七蔵はお甲の横顔を見つめた。
三、四日前はやつれて見えた肌に艶が戻っている。
「久米さんに言われて調べたことのご報告にきました。間に合ってよかった」

「ご苦労だった。何かわかったかい」

「妙な話を聞きました」

篝火の赤い光が、お甲の横顔と吐く息を白く照らしていた。

冬の寒空に半纏に褌《ふんどし》姿の河岸場人足や、舟運の水手《かこ》らが、まだ騒がしく荷物を船に積みこみながら、お甲にちらちらと好奇の眼差しを投げた。

「去年の三月、結城忠義が妹の辻斬りに気づき、本郷の一軒家に妹を隠したことは旦那もご存じのとおりです。その折り忠義は、伊佐治お紺の夫婦者を住みこみの一季奉公で雇い入れました。家の下働きと妹の行動を監視させるためにです。妙な話は、その伊佐治お紺夫婦から聞き出したんです」

お甲は、早船のほうを見遣りつつ、その妙な話を始めた。

月明かりが桟橋の渡し板に、帆影を落としていた。

対岸の本所から向島は昼間の雪化粧が月明かりの下で凍えていた。

巣に帰ったのか、白鷺はもう舞っていなかった。

お甲の話は長くはかからなかった。

「これがどういうことなのか、わたしもちょいと戸惑ったんですけど……」

「よくわかった。やっと、腑に落ちた」

積荷が終わり、三人の船人足が火の側に屈んで煙管をくゆらせ始めた。

「それから旦那、こんなものだけど持っていっておくんなさい。大急ぎで握ってきました。みなさんで……」

お甲が袂《たもと》から布包を出した。

七蔵はその軟らかな布包を掌に乗せた。握り飯の香ばしい匂いがする。

「すまんな」

やがて、おかじの船頭が河岸場に向かい、よく通る声を朗々と響かせた。

「うおおい、船が出るぞお……」

じゃあな、といきかけた七蔵の袖の端をお甲が、ふっとつかんで言った。

「旦那、ご無事で」

七蔵はお甲に振り向き、うむとひとつ頷いた。

音三郎は、棹《さお》を使う二人の船頭が小縁《こべり》をひたひたと伝う足音や、漕ぎ進む櫓《ろ》や蛇行《だこう》する川筋に沿っておかじの軋る音、旅の商人と二人の瞽女が、ひそひそと交わす話し声をぼんやりと聞いていた。

船はゆるやかに隅田川を滑り、千住、尾久《おぐ》、赤羽《あかばね》、小豆沢《あずさわ》、戸田、赤塚《あかつか》、早瀬《はやせ》、芝宮《しばみや》と途中の河岸場で荷物の積み下ろしを繰りかえし、新倉《にいくら》の河岸場をすぎて九《つ》十九曲《くも》がりの新河岸川に差しかかったところだった。

せじの屋根の明かり窓から月光が、音三郎の肩に降っていた。

銀色に輝く川面に波紋が流れ、手を伸ばせば届きそうなほど近くに感じられる堤と木々が、雪に覆われて月の光を照りかえしていた。

夜が更け、おかじの船頭が夜の深い静寂に川越夜舟の船頭唄を流した。

九十九曲がりゃ　仇《あだ》では越せぬ　通い船路の三十里
千住橋戸は錨《いかり》か綱か　上り下りの舟とめる
七つ八つから手ならいしたが　はの字わすれていろばかり

音三郎の胸に哀調が染みた。
瞽女と商人も船頭の唄声に聞き惚れていた。

瞽女のひとりが、船頭の唄声に合わせ、三味線に小さく撥《ばち》をあてた。

「どうぞ、ご無事で」

綾の黒目がちな澄んだ目を、音三郎は思い出した。

音三郎は応えられなかった。

命は捨てて国を出たつもりだった。

「音さん、夕べ作右衛門さんが見えてな」

隣の七蔵がぽつりと言った。

「音さんのことを訊かれた。作右衛門さんには話してもいいと思ってな、おれの知ってることを話したぜ」

「よかった。あの人たちに黙っていたことが、つらかった」

七蔵は茣蓙に包んだ細長い荷物を両腕に抱え、肩に凭《もた》せかけた。

「作右衛門さんが言ってた。綾は賢い娘だから、ちゃんと分別できると……」

樫太郎と徳英は、身体を縮めて横になっている。

音三郎は黙っていた。

「おのれの定めに生き、人知れず死んでいく、侍はそれでいいんだ」

音三郎は七蔵が呟くように言うのを、清々《すがすが》しく、物悲しく聞いた。

十四

夜が明け、日が昇った。

昼前、川越領福岡河岸に着き、四人は船を降りた。

道を知っている徳英を先頭に、七蔵、音三郎、樫太郎の順で、左手に緩やかに流れる川面を見て踝《くるぶし》あたりまでを雪に埋めながら、新河岸川の堤を下った。

右手の小高い土地にわずかな人家が固まっている。それをすぎると葉を落とした林がつらなり、やがてなだらかに下って一面の銀世界が開けた。

新河岸川に沿った堤は左に大きく弧を描き、また右に緩やかに曲がる。

左手の川面にかいつぶりが小さな波紋を描いた。

雪のために歩みが鈍くなり、半刻ほどかかって勝瀬村に着いた。

堤の下は、絹の白布を敷き詰めたように雪を被った平地が続いていた。

彼方《かなた》の地平にこんもりと固まる林と、点在する百姓家が、広がる青空の下に見えた。

日は差していても凍てつく寒気が下りた雪景色の中に、人影はなかった。

「あそこで、ござる」
徳英が、四人のいる堤より二町（約二一八メートル）ほど前方の、堤を下った
ところに見える葉を落とした欅《けやき》林を指差した。
林間に数軒の百姓家が固まっていた。
蝶の隠れ家は、そのうちの一軒の離れにある。
「今日は亡き父上の月命日でござる。蝶さまは出かけておられるに違いない。ひ
とまず、あの小屋で待つといたそう」
堤の下から田圃に一間幅ほどの水路が掘ってあり、水路に沿って畦道を三十間
ばかり辿ったところに、小さな見張り小屋が雪を被っていた。
徳英は七蔵の返事も待たず、堤を先に下っていった。

小屋は床に簀子《すのこ》を敷き渡し、低い屋根裏に届くまで藁束《わらたば》が積んであった。

木枠の小さなのぞき窓が二ヵ所空いていて、その窓から、欅の林間の人家や新
河岸川の堤、反対側の田圃の一帯を見渡すことができた。

「腹に少し食い物を入れておこう」

七蔵は、樫太郎の背中の荷物からお甲がくれた布包を出した。

竹の皮を解き、紫蘇《しそ》の香りのする握り飯を四人は合羽を羽織ったまま車座になり、貪った。

火を焚く場所もなく、身体を温めるため少量の酒も飲んだ。

白い息が寒々と車座の中に吐き出され、沈黙が緊張をかきたてた。

「樫太郎、おまえは食い終わったら、行商のふりをして、隠れ家を探ってきてくれ。隠れ家は離れになっている。誰かいたら、見つからないようにすぐに戻ってこい。誰もいなかったら、母屋の住人に、江戸の薬屋で注文の薬を届けにきたと言って蝶らがどこへ出かけ、いつごろ戻ってくるか訊き出してくれ。薬を預かると言われたら、川越城下にもいくので明日またくると言うんだ」

「へい。承知しやした」

「蝶さまの離れは、こちらより見て右より二番目の人家にある」

徳英がのぞき窓から指差し、荷物を背負い小商人の形《なり》の樫太郎に言った。

樫太郎が小屋を出ると、七蔵は替えの足袋と草鞋を音三郎と徳英に渡し、自分も足袋と草鞋を替えながら言った。

「足が濡れていたら待つ間に足が冷えて働《はたら》きが悪くなる。それに替えなさい」

「お心遣い、かたじけない。しかし、それがしは大丈夫でござる。それより、申しわけござらんが、少し休ませていただく」

徳英はそう言って足袋と草鞋を七蔵に戻し、積んだ藁に力なく凭れかかった。

「音さんも少し休め。藁にくるまれば暖が取れる。外はおれが見てる」

「外はわたしが見ます。七蔵さんこそ、休んでください」

「休んで身体を温めるんだ。身体が冷えたら働きが鈍る。どうせ様子がわかるまでは動かない。あとで代わってもらう」

音三郎は素直に従い、先に藁にくるまった。

七蔵はのぞき窓から外をうかがいつつ、手持ち無沙汰を紛らわすかのように、三本の藁を扱《しご》いて器用に縄を縒《よ》り始めた。

百姓が田圃一枚向こうの畦道を歩いていたが、見張り小屋には近づかず、すぐに消えた。そのあと、村の子供らが堤の上を喚声をあげて走っていたが、それもいつの間にかいなくなった。


樫太郎が戻ってきたのは一刻後だった。音三郎が飛び起き、樫太郎の荷物を下ろしてやった。徳英もむっくりと身を起こした。

「怪しまれねえように遠廻りしやしたので、ちょいとかかりやした」

樫太郎は頬を真っ赤にして白い息を盛んに吐き、震えていた。

「離れに二人はおりやせん。母屋に赤ん坊をねんねこで負ぶったおばさんがおりやしたので訊ねたところ、今朝早く、二人は川越城下のお寺に法事に出かけておりやす。戻りはたいてい、暮れ六ツから五ツの間ごろになるそうで」

「そうか。まだしばらくあるな」

「それから、二人は福岡河岸の手前から川漁師の舟を雇って溯り、戻りも川越の上新河岸から舟を雇うそうで、帰りは堤道を戻ってくることになりやす」

四人は揃ってのぞき窓から堤に目線を投げた。

「ご苦労だった。あとはこっちの仕事だ。おまえは休め」

音三郎が冷えきった樫太郎の身体を、藁にくるんでやった。

堤の方をじっと見つめる徳英の背中がさらに丸くなっていた。

七蔵は茣蓙の包を解き、石目と黒塗り分けの同田貫を出した。

音三郎が瞠目《どうもく》して、同田貫をまじまじと見た。

十五

きた——七蔵はまどろみから醒《さ》めた。

どこかで誰かが、凍てついた雪を踏み締めている。

夜になっていた。

澄み切った月明かりがのぞき窓から差しこみ、小屋の暗がりに清冽《せいれつ》な光の矢を放っていた。

七蔵は肩の合羽を落とした。

光の中に立ち上がり、同田貫を腰に差した。

のぞき窓から外を見ていた音三郎、樫太郎、徳英の三人が七蔵を振り向いた。

「きたな」

三人はのぞき窓の外へ目を転じた。堤の上は、凜冽《りんれつ》とした寒気の下、東の夜空にかかって間もない望月《もちづき》が、純白の雪に照り映えていた。

人の姿は見えず、すべての物音が跡絶え、外は月光と暗黒が支配していた。

三人の固唾を呑みこむ音が聞こえる。

七蔵と音三郎は、七蔵が藁を縒って縄にした襷を締めていた。

音三郎が用意していた革襷は、戦闘中に万が一なにかに引っかかったとき、動きの自由を奪うと、音三郎にも藁縄の襷に替えさせたのだった。

「ほんとだ、きた」

樫太郎が、窓から頭を隠すように下げ、掠れた声で言った。

「姫さま……」

板壁の陰に身を隠した徳英が、声を絞り出した。

堤の左手より、深編笠の二人の侍が前後になって現れるのが見えた。

凍った雪を踏み締める音が、七蔵の耳にはずっと前から届いていた。

二人の侍の歩みは月光に包まれ、厳かな儀式に赴《おもむ》いているかのようであった。

「音さん、おれが前に出る。音さんは後ろに廻れ。玄羽の顔はわかるな」

「わかります」

音三郎の声は、引き攣《つ》っている。

「樫太郎、おまえはここにいて、おれたちが戻るまで外に出ちゃあならねえ。もしおれたちが討たれたら、まっすぐ江戸に戻り、久米さんに今夜の一部始終をあるがままにご報告するんだ。いいな」

へい——と、樫太郎が震えながら頷いたそのとき、音三郎が小さく叫んだ。

「人がくる」

見ると、堤の右手の彼方より、二人の方へ綿入れに包んだ赤ん坊を抱えてあやしながら歩いてくる百姓女らしき姿を、月明かりが皓々《こうこう》と照らしていた。

赤ん坊の泣き声が、静寂の彼方から聞こえていた。

「あれえ、昼間の母屋のおばさんみてえだ。赤ん坊を抱いてらあ」

樫太郎が言うや否や、小屋の戸が勢いよく開き、徳英が外へ走り出た。

「いかん。樫太郎、九重さんを止めろ。赤ん坊を殺す気だ。音っ、いくぞ」

承知——音三郎が叫んだ。

七蔵は飛び出した。

徳英は老いて覚束《おぼつか》ない足取りがもどかしげに、喘《あえ》ぐような声をあげ、雪の畦道を駆けた。

堤上の二人の歩みが、田面の小屋から突然走り出てきた徳英と、それに続いた七蔵と音三郎、樫太郎を見て止まった。

徳英は堤を這い上がり、二人の侍には目もくれなかった。

赤ん坊をあやしている女の方へよろけつつ走り、両手を高々と広げ叫んだ。

「くるなあっ、くるなあっ、きてはならん……」

徳英に続いて堤に駆け上がった七蔵は、二人の侍の前に三間半の間を置いて立ちはだかった。

七蔵の後ろで、樫太郎が徳英の名を呼んでいる。

前の侍は、藤色に扇面の模様を散らした羽織袴に、下は純白の小袖である。

降り注ぐ月光が、深編笠の陰からこぼれる白磁の頤《おとがい》と深紅の唇を、鮮やかに照らした。

腰には、目にも鮮やかな朱の鞘が、侍の扮装を優美に彩っていた。

遅れて音三郎が二人の背後に駆け上がる。

と、これは野羽織野袴の後ろの侍が、音三郎に対して身構えた。

「結城蝶、人呼んでかげろう。おまえが犯した辻斬りの報いを受けるときがきた」

七蔵が高らかに言い放った。

「拙者《せっしゃ》、鏡音三郎。永生藩勘定方・鏡甚之輔の敵、浅茅玄羽、武士の意義をたて申すによって、覚悟」

音三郎が素早く関ノ兼氏を払った。玄羽は深編笠を投げ捨て、

「鏡音三郎？　甚之輔の弟か」

と、声高に吐いて抜刀した。

音三郎は正眼、玄羽は右脇構えに睨み合う。

蝶は深編笠の顎紐を解き、ゆっくり取った。

月光を受け、漆黒の総髪を後ろに大きな一輪に結った、たじろぎを覚えるほどに美しい顔が現れた。

青味がかった目の奥に艶めいた妖気がとぐろを巻き、嫣然と七蔵を見た。

「下郎、斎藤弥兵衛に金で雇われ、わたしを斬りにきたか」

凛と澄みきった女の声だった。

背丈は、七蔵にも劣らない痩軀である。

羽織を脱ぎ、純白の小袖になった。

「数多《あまた》の罪無き者を殺《あや》めたかげろうに、阿字《あじ》の一刀、彌陀《みだ》の利剣《りけん》が煩悩《ぼんのう》の絆をとき放つだろう。冥途《めいど》の土産におれの名を聞かせてやる。萬七蔵」

「笑止よな、七蔵とやら。己の技量の未熟さゆえに神仏にすがるか。所詮この世は仮初《かりそめ》の戯れ。おまえのような下郎にこの世の真の悪など見えはせぬわ」

蝶は身体を低くし、柄に手をかけ、抜刀の体勢のまま左手で鯉口を廻し、切り刃を下に向けた。
吹く風の如し、流れる水の如し……
兵武館道場の沖田恒成の言葉がよぎった。
刹那、七蔵は同田貫を抜きざま、激しく飛んで右足を大きく踏み出した。
そして残した左の膝が雪肌に触れるほど低く、片手上段に振り下ろした。
瞬時に抜刀した蝶の村正が、七蔵の同田貫と鋭く嚙み合った。
次の瞬間、うなりをあげて振り払った。

十六

雪に慣れない樫太郎は、堤の上の雪道に転んだ。
徳英は、十数間先を赤ん坊を抱いた女に駆け寄っていく。
駆け寄りつつ刀を抜くのが見えた。
「徳英さあん、徳英さあん、やめろおっ」
樫太郎は身を起こしながら、懸命に叫んだ。
怯えて逃げようとした女に徳英は追いすがると赤ん坊を奪い、取り戻すためにすがりつく女を引き倒した。

「許せっ」

徳英は女に言い捨て、綿入れにくるまった赤ん坊を雪の上に置いた。

赤ん坊は四肢をもがかせ泣いている。

徳英は赤ん坊の横に跪《ひざまず》き、刀の柄を逆さにとって頭上にかざした。

切っ先が赤ん坊の胸を狙い定めている。

樫太郎は必死に追いつき、徳英の刀を持ち上げた腕にしがみついた。

「いけないよお、徳英さん。なにするんだあ」

「樫太郎どの。武士の定めじゃ。見逃してくれ」

老齢とはいえ、徳英の力を樫太郎も容易に押さえることができなかった。

二人は赤ん坊の傍らで揉み合い、刀を奪い合った。

「お、おばさん、赤ん坊をっ」

樫太郎が近寄れずに右往左往している女に叫び、女が駆け寄ろうとしたとき、
徳英の振り払った刀が樫太郎の腕を打った。

樫太郎は腕を抱え雪道に倒れこんだ。

「見逃してくれえっ」

徳英は駆け寄る女を刀で追い払い、そのまま刀を月光の中に高く掲げ、雄叫びとともに突き落とした。

刃を交わして三合目の音三郎の一撃が、玄羽の左頬をかすめ、よろめいた玄羽は次の攻撃を避け、一気に堤下まで駆け下りた。

「小癪《こしやく》な、小僧」

追い縋《すが》る音三郎を威嚇する玄羽の顔は、三十六歳とは思えぬほどやつれ、憔《しよう》悴《すい》し、荒《すさ》んで見えた。

玄羽は剣を振り廻しながら、雪に覆われた田圃を転げつつ後退する。

音三郎は、逃げる玄羽を追い詰め打ちこむが、ひたすら防ぐ玄羽の剣に、そのつど撥ねかえされた。

逃げる一方の玄羽に、音三郎の攻撃は執拗を極めた。

不意に、玄羽が左上段から逆襲を試み、音三郎は身体を折って胴を抜こうとしたが、玄羽は雪の上を横に転がって抜き胴を免れた。

体勢を立て直し、今度は斜め方向に転がり逃げる玄羽に上段から斬りかかる。

それを下から受け止めた玄羽は猛進する音三郎の腹を、いきなり蹴り飛ばした。

思わぬ反撃に、音三郎が尻餅をつく。

やにわに玄羽は起き上がり、音三郎の左から一刀を浴びせた。

左の腕に鋭い痛みが走った。

だが、音三郎は片膝立ちになって一撃が食いこむ直前、下段より車輪に振り払い、上段にまで払い上げると玄羽の小手へ落とした。

玄羽が叫んだ。疵《きず》つき血が垂れた右手を柄から離し、玄羽は左手構えに半身になってずるずると後退する。

音三郎は再び追いすがり、刀を掬《すく》い上げ、振り下ろして追い詰める。

と、突然、もつれる二人の前の雪の中に水路が現れ、ゆく手を遮った。

攻撃を逃れるため玄羽が水路へ飛びおりると、音三郎も続いた。

玄羽は水路を走り、音三郎が追う。

流れに薄氷が張り、ぱりぱりと音をたてて割れ、泥水と氷が撥ね散った。

玄羽の動きが泥の中で鈍ったのを、追いつき後ろから打ちかかった。

切っ先が背中を浅く裂いた。

つんのめった玄羽が薄氷を割って泥の中へ、どうっ、と這った。

音三郎は上段に振りかぶった。

だがそのはずみに、土手で雪を被っていた一本の灌木《かんぼく》の枝に襷が絡まった。

あっ――襷を外そうと焦ったその間隙を、玄羽は逃さなかった。

上体を泥の中から起こして刀をかえし、音三郎の腹へ突きこんだ。

わずかに早く、藁縄の襷が枝に積もった雪を散らして切れた。

と同時に、身体を右にひねった音三郎の左脇を突きが掠め、振り下ろした関ノ兼氏が玄羽の左肩の骨を砕いた。

刃が深々と食いこむ。

「くわぁぁぁ」

玄羽は獣のようにうなった。

肩に食いこんだ兼氏の刀身を、玄羽は両掌で握りつかんだ。

刀を引いたが、握られた刀身が抜けない。

足を玄羽の胸に押し当て必死に引き抜くと、刀身をつかんでいた指が飛んだ。

血が噴き、土手の雪に霧が吹いたように赤い飛沫《しぶき》を散らした。血が滾々《こんこん》と湧いて溢れた。

音三郎はそこへ止めを突き入れ、身体を重しのようにして沈めた。

玄羽は束の間、痙攣《けいれん》し、やがて動かなくなった。

仰向けに土手に凭れたまま、ゆっくりと崩れ落ちていく。

音三郎は泥の中に座りこんで荒い呼吸を繰りかえした。

月が照らす玄羽の死に顔を見つめた。

これが、武士の面目か——泥の中で思った。

しかし次の一瞬、音三郎は撥ね起きた。

水路から這い上がり新河岸川の堤を見遣った。そして釘づけになった。

漆黒の天穹《てんきゅう》に渺々《びょうびょう》と輝く満月が、彼方の雪の堤の上に対峙《たいじ》した七蔵とかげろうを、降り注ぐ光の中に包んでいた。

それはまるで、光が生と死を映した一幅《いっぷく》の美しく不気味な絵のようだった。

音三郎は茫然《ぼうぜん》と見惚れ、それから魂を吸い寄せられ駆け始めた。


七蔵は正眼を下段に構え、蝶は右に身体を開いて八双《はっそう》に構えていた。

およそ四歩の間合いである。

近すぎる。

だが、蝶は七蔵に下がることを許さなかった。

八双の構えは、懐に大きな空《くう》を抱いて誘っていた。

蝶は動かず、その空は寸分も乱れなかった。

まるで、光に戯れる幻影のごとく、白い吐息すら見えない。
虚を見ているのか、実を見ているのか、と七蔵は一瞬疑った。
そして、こいつは化物だ、と思った。
蝶の抱く空に身を投げるしかなかった。
どの刹那に投げるか、選べる道はそれだけだ。
雪原の彼方から、犬の長吠えが夜空をかすめた。
それにまじり、遠くで赤ん坊が泣いている。
うん？　蝶の左足がわずかに前へ動いた。
八双に構えた村正が、はやるように後方中段に下がっていく。
蝶が先に動いた。蝶の顔の変化《へんげ》に、七蔵は胸を突かれた。
同田貫が蝶の空に吸い寄せられた。
七蔵は突撃した。
間髪を容れず、村正が雷光のように光り、うなった。
後方中段の村正が閃光の軌道を描いて、七蔵の左首筋を襲った。
氷の刃が首筋を舐める。くそっ。
紙一重の間で受け止めた同田貫と村正が、鋼の牙《きば》を鋭く嚙み合わせた。

脂粉が匂った。これがかげろうの匂いか。
引けば負ける、そう思った一瞬、村正が引いた。
なぜだ、なぜ焦る、蝶。
追う同田貫が蝶を包む月光を斬り裂いた。
無私の一撃だった。
蝶の逆襲がまたくる。
七蔵は右に大きく飛び、蝶の二の太刀を、かあん、と撥ね上げた。
再び正眼に構え、蝶は八双に戻った。
蝶の結髪が乱れ、形相は般若《はんにゃ》のようだった。
立ちのぼる妖気が見えた。
七蔵の肩に、藁縄の鉢巻が落ち、額から血の雫《しずく》が伝わった。
そのとき音三郎が、蝶の背後に駆け上がった。
烈しく白い息を吐いている。
赤ん坊の泣き声が、近づいてくる。
と、不意に蝶の足がゆらめき乱れたかに見えた。般若の形相が仏の顔に変貌した。

蝶が小首を二度三度傾《かし》げ、上体がそよいだ。

瞬間、鮮血が首筋から噴き出し、降り注ぐ月光を彩り、純白の小袖を赤く飾り、雪を染めた。村正が蝶の手からこぼれるのが見えた。

それから蝶は、目には見えぬなにかに委ねるようにおのれの身を投げ、おのれの血で染めた雪の死の褥《しとね》に横たえた。

蝶が、手をわずかに虚空にかざした。目が涙で潤んでいた。

「ひ、姫さま……」

徳英が、綿入れに包んだ赤ん坊を懐に抱き、蝶のそばへ走り寄り跪《ひざまず》いた。

蝶の手が落ち、赤ん坊は、ああ、ああ、と母を呼んでいるかのようだった。

「その赤ん坊は、兄の忠義さんとこの蝶の子なんですね」

七蔵が言った。

徳英は赤ん坊を抱き締め、蝶の亡骸の傍らに跪いたまま、うめいた。

「萬どの、お見逃しくだされ。それがしには、このお子は殺せぬ。このお子は九重の家の子として、お育て申す」

音三郎は刀を杖《つえ》のようについて身体を支え、立ちつくしていた。

樫太郎が七蔵の傍らにきた。

樫太郎は徳英に近寄るのをためらい、四人から離れた堤で、あまりの惨劇を目のあたりにして硬直している女を振りかえった。

「九重さん、言ってくれ。蝶と忠義さんがあやまちを犯したのはいつだ」

涙で歪んだ顔を徳英は上げた。

「二年前の、冬で、ござる。二年前の……」

「二年前の冬と言えば、かげろうの辻斬りが始まったころだ」

「忠義さまは、あまりに美しい姫さまを、気遣われ、慈しみ、愛しまれたがゆえに、越えてはならぬ境を越えてしまわれた。忠義さまは、姫さまを誰にもわたしたくなかった」

「忠義さんとのあやまちが、蝶の心を狂わせた。そういうことですね」

「姫さまは心を病まれた。いかなる暴悪をも顧みぬ羅刹《らせつ》となられた」

徳英は、無念そうに目を閉じた。

それから、閉じた目をかっと瞠《みひら》いた。

徳英は意を決したかのように、蝶の子を亡き者にするためにきた忠義の使命を語った。

七蔵も音三郎も、樫太郎も、そして百姓の女も、徳英の言葉にただ黙って聞き入った。

それまでそよとも吹かなかった風が、雪野原を走り、ひゅう、と七蔵たちのいる堤の上に舞った。

風は川面に小波《さざなみ》をたて、対岸の林を震わせた。

徳英は最後に、己自身に言い聞かせるように言った。

「忠義さまはそれがしが国を出るとき、言われた。それがしの手で、どこぞの寺に丁重に葬ってくれと。だがそれがしにはできん。姫さまのお子を斬ることなど、できん」

徳英は、赤ん坊に顔を伏せ咽《むせ》び泣いた。

七蔵は蝶の亡骸の傍らに屈んだ。

そしてその瞼《まぶた》を閉じてやった。

音三郎が徳英の側にきた。

「お立ちなさい。身体が冷えます。赤ん坊にもよくありません」

音三郎は言い、徳英の肩を取って立たせた。

「旦那、よかった……」

樫太郎が駆け寄ってきて、安堵《あんど》と悲しさのない交ぜになった目で七蔵を見た。

「腕をやられたかい」

「大丈夫でやす。ほんのかすり傷で」

七蔵は笑みをかえして立ち上がると、刀を納めた。

そして、吹きすぎる風に誘われ舞い上がる風の行方を追うかのように、凜と輝く月を見上げた。

十七

呉服橋北町奉行所の朝――。

お白洲入口左脇の、夏は盛んに蟬が鳴いていた槐《えんじゅ》の木は、葉をすっかり落とし、冬の衣裳に衣替えのさまである。

裁許所に続く次之間に、七蔵と久米が対座していた。

杉戸の外の廊下を、とき折り、人の足音がいきする。

「女だてらに、相当の遣い手だったようだな」

久米は、七蔵の額の疵を見て言った。

「紙一重でした。赤ん坊がむずかりましてね。妖怪の心に母の情がかすめた。そいつが勝負を、分けました」

「妖怪が母になったのでは、夜叉には勝てぬ道理だな」

はあ――と頷いたが、七蔵は久米の軽口を笑えなかった。

「かげろう……蝶には、兄、忠義の子がいたのだな。因果だな」

ええ、と七蔵はそれにも曖昧《あいまい》に応えた。

「萬さんは、蝶が人を斬り始めた謂《いわ》れがあるはずだと言ってただろう。忠義とのあやまちが蝶の心を狂わせるにいたった謂れ、ということになるのかね」

「そう思います」

「奉公人だった伊佐治お紺夫婦によれば、忠義と蝶のあやまちはそれからも続いていたはずだ。結城家では二人のあやまちに誰も気づかなかったのか」

「九重さんは、知らなかったと言っていました。父君も母君も、家臣もです。九重さんがすべてを知ったのは、この正月、蝶が子を身籠《みごも》っていることがわかってからだそうです」

七蔵は額の疵に指先をあてた。

「斎藤さんは、蝶と忠義さんの契《ちぎ》りを知る前から結城家の存亡を危惧《きぐ》し、蝶を斬るべしというお考えだったそうです。しかし主の許しが出なかった。忠義さんの子を、身籠っているとわかってからも……それで九重さんが川越領の村に蝶を隠した。生まれてくる子は結城家の縁ある家の養子に出し、蝶を仏門に入れ、殺めた人々の供養に生涯を送らせるようにと考え、主の許しを得たのです」

「浅茅玄羽を、巻きこんだわけは……」

「蝶は、斎藤さんが自分を亡き者にしようと画策していることに、気づいていた。それゆえ、忠義の子を身籠ったとわかったとき、結城家の体面のためにおのれのみならず、わが子までが闇に葬られることを恐れた」

「もっともだ」

「忠義の子ではないと取り繕うために、母として子を生きのびさせるためだけに、生まれる子の父と称する者を探し求められた。浅茅玄羽は、偶然出会った男にすぎない。九重さんはそう思っているようです。しかしその真偽は、蝶にしかわかりません。そんな見かけなど、あの斎藤さんに通じるはずがありませんからね」

「無益なことだな……」

「蝶は最早《もはや》、錯乱して狂うていた、とも九重さんは仰っていました」

七蔵は溜息まじりに言った。

「父親の頼母が心労のあまり急逝《きゆうせい》した同じ七月、蝶はこの子の母となった。斎藤さんは新しく当主になられた忠義さんに、蝶と子が生き長らえれば、由緒ある結城家断絶の危機となると説いた。若い忠義さんに、否やはありません。元はと言えば、忠義さんが蒔《ま》いた種です。否やがあるはずはありません」

「ふうむ。以前、ある儒者から聞いたことだが……」

と、久米が腕組みをして言った。

「人の心は錯乱しておのれを見失ったとき、錯乱にいたる前のおのれに戻り、錯乱の苦しみを癒す働きをすることがあるそうだ。だとすれば蝶の辻斬りは、兄とのあやまちの苦しみを癒すために、誰かに斬られたがっていたゆえかもしれんな」

七蔵の脳裡に、ふと去来するものがあった。

病気療養のため川越領勝瀬村に仮初に滞在していた結城蝶は、療養空しく身罷《みまか》り、結城家の元家令、九重徳英によって近在の寺に葬られた。

また同日、同じ勝瀬村において、浅茅玄羽は、永生藩浪人・鏡音三郎によって、兄・甚之輔の敵として討たれた。

敵討ちの免許証、江戸町奉行への届け出も滞りなく、川越藩役人への届けと検視はその日のうちに認められ、同じく音三郎の手によって、浅茅玄羽は近在の寺に葬られた。

そういう形で処理されたのは、久米が川越藩松平家目付に、幕府要人を介して手を廻していたからだった。

「斎藤さんも、今ごろは胸を撫で下ろしていることだろう。近いうちに、一席あるかもしれんぞ」

「そいつは勘弁してください。蝶の弔《とむら》いはわたしの中でまだすんじゃおりません。そいつがすむまでは、どうも……」

「斎藤さんに、一物あるのかね」

「いや。そんなたいしたことじゃありません。ただ、今度の件では割りきれねえものが、少しばかり残っただけです」

久米は膝上で掌を組み、七蔵を真っ直ぐ見て真意を読み取ろうとした。

「萬さんの好きにするさ。なんにしてもご苦労だった。お奉行も面目を施したと感心しておられた。ところで、それはそれとしてだ……」

と久米が懐から、いつもの言上帖を取り出した。

「萬さんの次の仕事だが、こっちは待ったなしだ」

「承知しております」

七蔵は、言上帖を押しいただいた。

一刻後の昼前、七蔵が紺の足袋に雪駄を鳴らし、表通用門をくぐると、呉服橋御門の方から樫太郎が身軽に駆け寄ってきた。

「旦那、今日はどちらからで」

「そうだな。まずは早目の腹拵えをすませてから、向島だ」

「向島なら、川向こうは浅草。帰りはまた田町へ顔を出しやすか」

「田町とは、作右衛門さんとこかい」

「へい、そうでやんす」

「作右衛門さんとこへいっても、音さんはもういねえよ」

「綾さんが、おりやす。綾さん、音三郎さんが永生に帰っちまって、さぞかし、寂しがっておりやすよ。いって、元気づけて、やりてえなあ」

七蔵は、若い樫太郎の屈託のない様子に気持ちが和んだ。

「そうか。そいつもいいねえ。お甲のところへも顔を出してやりてえし……」

そう言って、いつもの癖で顎を撫でた。

いくぶん日焼けしたいかつい顔つきにも、母親譲りのどことなく愛嬌のある眼差しが笑った。

頭は野暮な御家人ふうを嫌った小銀杏の、刷毛先を軽く広げた粋な八丁堀ふう。竜紋裏、三つ紋に黒巻羽織の定服が、五尺八寸の鍛えた痩身によく似合っている。背中に胼《ひび》をきらすにはまだ早い、男盛りの四十歳。

誰が言ったか知らないが、本所、深川、浅草界隈の裏街道の顔役連中から、「夜叉萬」と恐れられる北町奉行所隠密廻り方同心・萬七蔵は、冬の晴れ間の日盛りの下を、今日もするすると歩み始めた。

あとがき

文化《ぶんか》三年（一八〇六）、北町奉行所隠密廻《おんみつまわ》り方同心《かたどうしん》・萬七蔵《よろずななぞう》は、数え年の四十歳ですから、明和《めいわ》四年（一七六七）、田沼意次《たぬまおきつぐ》が十代将軍家治《いえはる》の側用人《そばようにん》となって世に言う田沼時代の始まる同じ年に生まれ、田沼時代から松平定信《まつだいらさだのぶ》の寛政《かんせい》の改革をへて、町人階層が著《いちじる》しく力を増した江戸時代最後の爛熟期《らんじゅくき》である文化文政《ぶんせい》期にいたる四十年の歳月を、生きつつあることになります。『夜叉萬同心　冬かげろう』を描いたとき、主人公の萬七蔵は、子供のころに映画や漫画、読物、ラジオ、一般家庭に普及し始めて間もない白黒テレビなどで、わくわくどきどきしながら観たり聞いたり読んだりした時代劇、ちゃんばら活劇の主人公がモデルでした。それは一個のモデルではなく、あの映画この漫画、あっちの読物こっちのドラマと、自分好みの主人公のいいとこ取りをして拵《こしら》えあげた主人公像でもあります。

一方で主人公・萬七蔵には、およそ二百年前の江戸に生きる一人の侍の目を通し、振る舞いや心情を借りて、現在を生きるわたしたちが人を好きになるとか、潔《いさぎよ》く生きるとか、悲しみや喜びや友情や感謝の思いとか、江戸時代の人にも現在のわたしたちと変わらずにあったはずの心のありようを見つめ、ときには篩《ふるい》にかける役所《やくどころ》を担わせました。二百年前の萬七蔵のフィルターを透して、二百年後の今を見ることによって、正義のために剣を振るうだけの主人公ではなく、正義の中にも嘘や欺瞞《ぎまん》や暴虐《ぼうぎゃく》がひそんでおり、悪には悪の悲しみや苦悩があることを心得ている現代に生きる自立した男として、描きたかったのです。萬七蔵が生きた江戸のこの時代、ヨーロッパではイギリスを中心に産業革命が起こりつつあり、冬かげろうの事件があった文化三年、すなわち西暦一八〇六年は、近代国民国家の申し子とも言うべきフランス第一帝政皇帝ナポレオンが、神聖ローマ帝国を崩壊させた年でもあります。古く長い日本の歴史の中にある萬七蔵が、そんな近代二百年の時間を超えて、現在のわたしたちと出会ったなら、どう言うのでしょうか、「驚いたね」でしょうか。「同じだな」でしょうか。

夜叉萬こと萬七蔵が甦《よみがえ》り、三度目の江戸を生きることになりました。しぶとい男です。このしぶとさでは、事と次第によっては六十年後の明治維新の百歳まで、萬七蔵は生きるのかもしれません。

辻堂　魁

この作品は、二〇〇八年に『夜叉萬同心　冬蜉蝣』としてベスト時代文庫
より刊行され、二〇一三年に『夜叉萬同心　冬かげろう』（改題）として
学研M文庫より刊行されたものです。

光文社文庫

長編時代小説
夜《や》叉《しや》萬《まん》同《どう》心《しん》 冬《ふゆ》かげろう
著者 辻《つじ》堂《どう》魁《かい》

2017年3月20日 初版1刷発行

発行者 鈴木広和
印刷 堀内印刷
製本 関川製本

発行所 株式会社 光文社
〒112-8011 東京都文京区音羽1-16-6
電話 (03)5395-8149 編集部
8116 書籍販売部
8125 業務部

落丁本・乱丁本は業務部にご連絡くだされば、お取替えいたします。
ISBN978-4-334-77444-8 Printed in Japan

組版 萩原印刷

光文社文庫　好評既刊

まぼろしのコロッケ　倉阪鬼一郎
母恋わんたん　倉阪鬼一郎
江戸猫ばなし　光文社文庫編集部編
五万両の茶器　小杉健治
七万石の密書　小杉健治
六万石の文箱　小杉健治
一万石の刺客　小杉健治
十万石の謀反　小杉健治
一万両の仇討　小杉健治
三千両の拘引　小杉健治
四百万石の暗殺　小杉健治
百万両の密命(上・下)　小杉健治
黄金観音　小杉健治
女衒の闇断ち　小杉健治
朋輩殺し　小杉健治
世継ぎの謀略　小杉健治
妖刀鬼斬り正宗　小杉健治

雷神の鉄槌　小杉健治
般若同心と変化小僧　小杉健治
つむじ風　小杉健治
陰謀　小杉健治
千両箱　小杉健治
闇芝居　小杉健治
闇の茂平次　小杉健治
掟破り　小杉健治
敵討ち　小杉健治
俠気　小杉健治
武士の矜持　小杉健治
鎧櫃　小杉健治
紅蓮の焰　小杉健治
武田の謀忍　近衛龍春
真田義勇伝　近衛龍春
にわか大根　近藤史恵
巴之丞鹿の子　近藤史恵

光文社文庫　好評既刊

寺侍　市之丞　孔雀の羽　千野隆司
寺侍　市之丞　西方の霊獣　千野隆司
寺侍　市之丞　打ち壊し　千野隆司
寺侍　市之丞　干戈の檄　千野隆司
落ちぬ椿　知野みさき
読売屋　天一郎　辻堂魁
冬のやんま　辻堂魁
倅の了見　辻堂魁
向島綺譚　辻堂魁
笑う鬼　辻堂魁
千金の街　辻堂魁
ちみどろ砂絵　くらやみ砂絵　都筑道夫
からくり砂絵　あやかし砂絵　都筑道夫
きまぐれ砂絵　かげろう砂絵　都筑道夫
まぼろし砂絵　おもしろ砂絵　都筑道夫
ときめき砂絵　いなずま砂絵　都筑道夫
さかしま砂絵　うそつき砂絵　都筑道夫

女泣川ものがたり（全）　都筑道夫
辻占侍　左京之介控　藤堂房良
呪術師　藤堂房良
暗殺者　藤堂房良
死笛　鳥羽亮
秘剣水車　鳥羽亮
妖剣鳥尾　鳥羽亮
鬼剣蜻蜓　鳥羽亮
死顔　鳥羽亮
剛剣馬庭　鳥羽亮
奇剣柳剛　鳥羽亮
幻剣双猿　鳥羽亮
斬鬼嗤う　鳥羽亮
斬奸一閃　鳥羽亮
あやかし飛燕　鳥羽亮
鬼面斬り　鳥羽亮
刀圭　中島要